suhrkamp taschenbuch 2145

Stanisław Lem, geboren am 12. 9. 1921 in Lwów, lebt heute in Kraków. Er studierte Medizin und war nach dem Staatsexamen als Assistent für Probleme der angewandten Psychologie tätig. Privat beschäftigte er sich mit den Problemen der Kybernetik, der Mathematik und übersetzte wissenschaftliche Publikationen. 1985 wurde Lem mit dem Großen Österreichischen Staatspreis für Europäische Literatur ausgezeichnet und 1987 mit dem Literaturpreis der Alfred Jurzykowski Foundation. 1991 erhielt er den Franz-Kafka-Literaturpreis. Das Werk von Stanisław Lem im Suhrkamp Verlag und Insel Verlag ist auf den Seiten 150-154 dieses Bandes verzeichnet.

In Lems erstem Roman, geschrieben Ende des Krieges, werden Gedankengänge deutlich, die in seinem späteren Werk hervorragend in Erscheinung treten: Eine außerirdische Zivilisation wird ganz anders beschaffen sein als die unseres Planeten; eine Verständigung wird vielleicht unmöglich sein; erkennbar ist auch die Idee einer Evolution der Mechanismen.

Der Mensch vom Mars landet mit seinem Raumschiff in einem Berg; er wird ausgegraben und von einer privaten Gruppe von Wissenschaftlern, einem selbsternannten Vertretungskomitee der Menschheit, in einem Landhaus in der Nähe New Yorks auf eigene Faust untersucht. Ein Journalist wird Zeuge der Geschichte, er ist der Erzähler.

»In der Tat, es ist ein echter, unverfälschter Lem, wie er seinem Publikum treu und lieb ist, mit Vorliebe für technisches Gerät und die Mysterien der menschlichen Seele.« *Mittelbayerische Zeitung*

Stanisław Lem
Der Mensch vom Mars

Roman

Mit einem Nachwort
von Stanisław Lem
Aus dem Polnischen von
Hanna Rottensteiner

Phantastische Bibliothek
Band 291

Suhrkamp

Redaktion und Beratung: Franz Rottensteiner
Originaltitel: *Człowiek z Marsa*. Erschienen 1946 in der Zeitschrift
Nowy świat przygód, Kattowitz
Umschlagmotiv: © Morimoto/JCA/Transglobe, 1991

suhrkamp taschenbuch 2145
Erste Auflage 1992
© Stanisław Lem
© der deutschsprachigen Ausgabe Insel Verlag
Frankfurt am Main 1989
Lizenzausgabe mit freundlicher Genehmigung
des Insel Verlags, Frankfurt am Main
Suhrkamp Taschenbuch Verlag
Alle Rechte vorbehalten, insbesondere das
des öffentlichen Vortrags, der Übertragung
durch Rundfunk und Fernsehen
sowie der Übersetzung, auch einzelner Teile.
Druck: Nomos Verlagsgesellschaft, Baden-Baden
Printed in Germany
Umschlag nach Entwürfen von
Willy Fleckhaus und Rolf Staudt

1 2 3 4 5 6 – 97 96 95 94 93 92

Der Mensch vom Mars

1. Kapitel

Die Straße brodelte. Das Rattern der Straßenbahnwagen, das Hupen der Autos, das Gebrumm der vorbeirasenden Trolleybusse, das Schrillen der Signale und ein Gewirr von Stimmen verschmolzen in der dunkelblauen Luft, die von Lichtbündeln aller möglichen Farben und Schattierungen in Streifen von Dunkelheit zerschnitten wurde. Die Menschenmassen bildeten eine endlose Schlange, die die Gehsteige füllte und grell in den Lichtquadraten der Auslagen und in der Halbdämmerung schimmerte, in die die Häuser versunken waren. Der frisch gesprengte Asphalt zischte unter Hunderten von Autoreifen. Die schwarzsilbern glitzernden Karosserien langer Wagen leuchteten eine nach der anderen auf.

In die Menge eingezwängt ging ich dahin, ein untrennbares Molekül von ihr, ohne Ziel und Gedanken, und ließ mich wie Kork auf der Woge dahintreiben.

Die Straße keuchte, rumorte und donnerte, Lichtfluten und Schwaden schweren Parfums ergossen sich über mich, ab und zu drang der scharfe Duft südlicher Zigaretten zu mir, manchmal sogar das Süßlich-Stickige von Opiumrauch. An den Hausfassaden kletterten die Neonbuchstaben der verlöschenden und wieder aufflammenden Leuchtreklamen in wahnwitzigem Tempo auf und ab, Lichtfontänen sprudelten und irre Feuerwerksraketen und Leuchtkörper zischten, die über den Köpfen der Menge niedergingen und ihren letzten Glanz versprühten.

Ich gelangte unter riesige, lichtdurchflutete Portale,

zwischen Reihen unbekannter Bauwerke, eingekeilt in eine vielsprachige Menschenmenge, und war doch einsamer als auf einer unbewohnten Insel. Meine Hand in der Tasche spielte mechanisch mit zwei Fünf-Cent-Münzen, die mein ganzes Vermögen darstellten. An der Kreuzung zweier großer Straßen, deren steinerne Rachen sich in der Ferne erstreckten, mit ihren in der Perspektive immer kleiner werdenden Ampeln, deren Rumpf mit Lichtmosaiken gespickt war, löste ich mich aus der Menge und trat an den Gehsteig.

Die Menge wälzte sich über die Straße, wie von einer riesigen Schleuse ausgespien, je nach der Farbe der blinkenden Lichter. Zugleich dröhnten, heulten und schrillten die Motoren riesiger Autos, deren Bremsen von Zeit zu Zeit ohrenbetäubend quietschten. Ein vorbeihastender Zeitungsverkäufer drückte mir irgendeine unnötige Zeitung in die Hand, die ich erstand, um ihn loszuwerden. Ich steckte sie in die Tasche und sah mich weiter um. Die Menge veränderte sich ständig, war aber doch immer gleich. Zwei Straßen kreuzten sich hier, der Asphaltrachen der Kreuzung ließ immer nur einen Bruchteil der Menschenmasse durch, zäh wie Kaugummi, immer abwechselnd mit den glänzenden Blechkarosserien der Autos. Aus einem schmalen Straßenstreifen kam plötzlich ein mächtiger Schatten geschossen und hielt vor mir mit einem leisen Quietschen der Reifen. Es war ein Buick, dessen linkes Vorderfenster heruntergekurbelt wurde. Aus dem Wageninneren drang eine Stimme:

»Was ist das für eine Zeitung?«

Gleichzeitig wies eine in einem dicken Autohandschuh steckende Hand auf den weißen Papierzipfel, der aus meiner Tasche ragte.

Die ganze Frage, die Art und Weise, wie sie gestellt

wurde, ebenso wie ihr Inhalt, war höchst sonderbar, doch das Leben hatte mich gelehrt, mich über nichts zu wundern, schon gar nicht in einer Großstadt. Ich holte die Zeitung hervor (denn ich kannte ihren Titel nicht) und erwiderte: »Die New York Times!«

»Und den wievielten haben wir heute? Welchen Tag?« fragte dieselbe Stimme. Dieses dumme Spiel ging mir auf die Nerven.

»Freitag«, erwiderte ich, um den Kerl loszuwerden.

Im selben Augenblick öffnete sich die Wagentür, und die Stimme sagte:

»Steigen Sie bitte ein.«

Ich machte eine Bewegung, als schreckte ich zurück. »Go on!« Die Worte wurden mit solchem Nachdruck ausgesprochen, daß ich unwillkürlich gehorchte.

Kaum war ich in die weiche Polsterung gesunken, knallte die Tür auch schon zu und der Wagen schoß davon, wie in einem Gangsterfilm. Die Lichter der Straße zitterten, sie dehnten sich aus zu vibrierenden Fäden, und wir huschten mitten zwischen ihnen hindurch.

Ich schaute mich im Wagen um. Der Innenraum war dunkel. Ich saß allein im Fond des Wagens. Vor mir, vor dem Hintergrund des schwach beleuchteten Armaturenbretts und der Frontscheibe, waren zwei einander sehr ähnliche, gedrungene männliche Silhouetten zu sehen: die des Fahrers und seines Begleiters. Ich begann nachzudenken. Mein Verstand hatte zwar durch das zweitägige unfreiwillige Hungern gelitten, war jedoch recht leistungsfähig. Dieser Hunger verursachte aber eine gewisse Leichtigkeit beim Fassen außergewöhnlicher Entschlüsse und eine extreme Gleichgültigkeit gegenüber den äußeren Umständen. Doch nun – was ging da eigentlich vor? Der Wagen fuhr jetzt langsamer, denn der Motor begann mit dem charakteristischen hohen, singenden Ton zu arbeiten, den Motoren bei Vollgas und hoher Drehzahl von sich geben. Plötzlich eine scharfe Kurve – Bremsen, ein Schlag, ein Quietschen, der Wagen hüpfte einige Male, bis er weich in eine Mulde fiel und zum Stehen kam.

Die Türen öffneten sich nicht. Der Fahrer hupte nur, einmal kurz, einmal lang. Dann drehte er zweimal das Fernlicht aus, schaltete das Abblendlicht ein und löschte auch dieses. Jetzt standen wir in ägyptischer Finsternis.

»Was für ein Schmierentheater, zum Teufel . . .«, begann ich, aber meine Stimme erwies sich als zu schwach, denn meine Ohren waren noch voll vom Summen des Motors und der Fahrt – im selben Augenblick erschien übrigens vor der Kühlerhaube des Wagens ein Viereck aus weißem Licht. Das Auto surrte und fuhr los. Plötzlich spürte ich, daß der Boden abfiel. Aha! dachte ich, eine Tiefgarage. Wir waren angelangt.

Die Tür sprang auf. Der Fahrer des Wagens zeigte mir sein Gesicht – eine riesige, breite Physiognomie mit mächtigen Kiefern und wulstigen, buschigen Augenbrauen. Ich stieg aus. Die Füße traten leicht auf, der Belag in diesem unterirdischen Gang bestand aus schalldämpfendem Material. Eine Seitentür öffnete sich, und ich sah in einen Raum, in dem fünf Männer saßen. Der Raum war nicht sehr groß, und die Männer saßen hinter einem kleinen runden Tisch. Bei meinem Anblick standen alle auf und betrachteten mich schweigend, als warteten sie auf etwas.

Der Kleinste von ihnen, ein Dunkelblonder mittleren Alters mit einem bleichen, schweißüberströmten Gesicht, etwas untersetzt, wandte sich an meinen Begleiter, den Fahrer:

»Ist er das?«

Den Fahrer schien diese Frage zu überraschen, er zögerte, antwortete dann aber: »Natürlich!«

Der Fragende wandte sich jetzt an mich. Er näherte sich so weit, daß wir einander gegenüberstanden, und fragte:

»Welchen Tag haben wir heute?«

Ich antwortete, diesmal wahrheitsgemäß, daß es Mittwoch sei, was ein Zucken zur Folge hatte, das alle erfaßte. Zuerst dachte ich, ich sei unter Wahnsinnige geraten, aber kaum schrak ich zurück, als der Fahrer, ein Mann von athletischer Statur, vortrat und zu reden begann.

»Mr. Frazer, ich schwöre es, er sagte: Freitag. Und er hatte an der Ecke Fifth Avenue die ›New York Times‹ bei sich.«

»Was soll das bedeuten?« fragte der Mann mit dem bleichen Gesicht. »Woher kommen Sie?«

»Aus Chicago«, antwortete ich, »aber vielleicht bin ich jetzt an der Reihe, Fragen zu stellen? Und diese rätselhafte Fahrt mit dem Auto?«

»Bemühen Sie sich nicht«, unterbrach er mich in eisigem Ton. »Sie sind noch nicht an der Reihe, Fragen zu stellen. Warum haben Sie gesagt, heute sei Freitag?« Mich überkam der Gedanke, es doch mit Wahnsinnigen zu tun zu haben. Man soll ihnen nachgiebig und entgegenkommend begegnen, das hatte ich irgendwo gelesen.

»Wenn man recht überlegt, ist heute vielleicht doch Freitag«, begann ich. »Insbesondere nach der Weltzeit von Greenwich.«

»Machen Sie keine Faxen – zur Sache. Haben Sie den Brief und das Werkzeug?«

Ich schwieg.

»Ja ...«, sagte mein Gesprächspartner stockend.

»Nun ja, aber bevor ... bevor ... also, Sie müssen mir sagen, wer Sie geschickt hat. Mit welchen Absichten sind Sie hierhergekommen? Und wer hat Ihnen verraten, was gemacht werden muß und wie, um hierherzugelangen?« Die letzten Worte sprach er fast zischend aus, wobei er die Zähne zeigte, die noch bleicher waren als das Gesicht. Die anderen standen immer noch unbeweglich da, mit glotzenden Augen, weder drohend noch erwartungsvoll. Langsam ging mir ein Licht auf. Eines wußte ich schon: Es waren keine Verrückten. Nein, ich war ein verdammter alter Narr, der in eine riesige häßliche Geschichte hineingestolpert war.

»Mein Herr«, begann ich. Dieser joviale Ton war zwar nicht am Platz, ich versuchte jedoch, gute Miene zum bösen Spiel zu machen und fuhr fort: »Ich bin, das heißt, ich war Reporter der ›Chicago World‹ ... aus gewissen Gründen wurde ich vor zwei Monaten entlassen. Auf der Suche nach Arbeit kam ich nach New York. Ich bin schon einige Wochen hier, habe aber nichts gefunden, und die Art und Weise, wie ich hierher kam, war – ich versichere es Ihnen – reiner Zufall. Jeder kann doch eine ›New York Times‹ haben?«

»Und auf die Frage nach dem Wochentag am Mittwoch antworten, es sei Freitag – nicht wahr?«

Darauf meldete sich zum ersten Mal ein großer, magerer Mann mit Brille zu Wort. Ich wandte mich ihm zu und bemerkte dabei, daß die Tür blockiert war. Im Türrahmen stand der Fahrer mit erstarrtem, steinernem Gesicht, ganz ohne jeden Ausdruck, und füllte mit seinem Körper völlig den Ausgang, was mir gar nicht paßte. Ich begriff, daß man mir nicht glaubte.

»Meine Herren«, begann ich. »Es handelt sich um ein dummes Zusammentreffen von Zufällen. Bitte, lassen Sie mich gehen ... ich weiß doch gar nichts, verstehe nichts, ich weiß nicht einmal, wo ich mich jetzt befinde . . .«

»Sie haben wohl immer noch nicht begriffen . . .«, sagte der Mann mit dem bleichen, schweißüberströmten Gesicht langsam. »Sie können hier nicht weg.«

»Jetzt nicht. Wann denn?«

»Niemals.«

Als dieses Wort fiel, wurde alles irgendwie leichter. Jetzt war alles klar. Die vier zündeten sich langsam, ohne sich zu beeilen, Zigaretten an, setzten sich nahe der kleinen Öllampe hin, und ich schaute zu. Ich folgte ihren Bewegungen mit großer Neugier, sah in den grell erleuchteten Raum auf das Gesicht des vor mir stehenden Menschen, der das Urteil über mich sprechen würde. Ich sollte doch wohl etwas sagen? Ich hatte vor zu flehen, zu überzeugen, detailliert zu erklären. Zu argumentieren. Als ich aber diese fahlen blauen Augen sah, ganz fern, wurde mir klar, daß jedes Wort nur Verschwendung wäre.

»Ich verstehe gar nichts«, sagte ich und richtete mich auf. Ich war müde und hungrig. »Ich habe keine Ahnung, wofür ich sterben soll. Oder wozu. Aber selbst die Kannibalen füttern ihre Opfer – bitte, ich habe Hunger.« Damit trat ich an den Tisch heran, holte mir eine Zigarette aus dem Etui und steckte sie an der Petroleumflamme an.

In diesem Augenblick bemerkte ich, daß die Männer einander ansahen – dann über meinen Kopf hinweg auf den blickten, der mit mir gesprochen hatte, als sei er ihr Anführer. Darauf erstarrten sie wieder in Bewegungslosigkeit. Der Anführer sah mich an. Ich ließ diese Musterung gleichgültig über mich ergehen. Die Tür war versperrt von einer Körpermasse, die ich auf zweihundert Pfund schätzte und die den Zugang zu der Klinke ver-

13

stellte. Ich war unausgeschlafen, müde, hungrig – ein Kampf war aussichtslos.

»Bitte, geben Sie ihm etwas zu essen«, sagte der fahle Mann. »Und kümmern Sie sich um ihn. Aber gut!« Dieses Wort ließ den gedrungenen Rücken des Fahrers schrumpfen. Schweigend öffnete er die Tür und gab mir ein Zeichen.

»Gute Nacht, meine Herren«, sagte ich und folgte ihm. Die Tür schlug zu, ich trat in den halbdunklen Korridor hinaus. In diesem Augenblick packten mich zwei starke Hände an den Gelenken, ein Knacken war zu vernehmen, und ich spürte das kalte Eisen von Handschellen.

»So behandelt ihr eure Gäste?« fragte ich, ohne die Stimme zu heben.

Der Fahrer und sein in der Dunkelheit unsichtbarer Helfer, der mir die Handschellen angelegt hatte, schienen nicht sehr gesprächig zu sein. Einer der beiden tastete gründlich meine Taschen ab, wobei er nichts Verdächtiges fand, und schob mich leicht nach vorn. Ich verstand es als Einladung zum Abendessen. Wir gingen eine gute Minute durch die ägyptische Finsternis. Plötzlich blieb mein Entführer so schnell stehen, daß ich fast auf die jählings vor mir aus dem Boden geschnellte, bis dahin unsichtbare Wand geprallt wäre. Ein dumpfes Gerassel war zu hören, eine Tür öffnete sich – ein Rechteck aus Licht.

Dieser neue Ort glich dem Tresorraum einer Bank oder eher der Vorstellung von einem Tresor, wie ihn fleißige Kriminalromanleser haben. Gewaltige Stahltüren schlugen hinter mir und meinem Führer zu und fielen mit ihren mächtigen Riegelklauen ins Schloß. Der Raum war mit einer grellen, nackten Birne erleuchtet. Die Wände bestanden aus regelmäßigen Reihen von

14

Stahltüren mit massiven Griffen und unzähligen Schlössern. Das einzige Mobiliar waren die auf dem Betonboden stehenden niedrigen zwei Stühle, ein Hocker und ein kleines Tischchen. Sonderbar daran war, daß sie alle aus Stahl waren. Ich bemerkte das erst, als mir der Fahrer den Hocker mit dem Fuß zuschob: Er gab einen charakteristischen Klang von sich. Ich setzte mich. Der Fahrer trat zum Tisch, hob die Platte hoch und nahm aus dem so freigelegten Fach einige Konservenbüchsen und einen langen weißen Brotlaib. Dann holte er ein großes Taschenmesser aus der Tasche, suchte die passende Klinge, öffnete eine Büchse und schnitt danach mit demselben Messer Brot. Schließlich begann er wieder in seinen Taschen zu kramen, bis er den Schlüssel zu meinen Handschellen gefunden hatte – als ich schon dachte, er würde mich gefesselt füttern. Dann setzte er sich mir gegenüber und verfolgte meine ziemlich eintönige Tätigkeit. Diese Meditation dauerte an, bis die Büchse ganz geleert war. Ich sah die nächste an – es war Hummer (ich mag Hummer) – und streckte die Hand nach dem Taschenmesser aus. Der Fahrer machte sein massives braunes Gesicht noch etwas breiter, was ein Lächeln bedeuten sollte, schüttelte verneinend den Kopf, ergriff das Taschenmesser und öffnete selbst die Büchse.

Er hat Angst vor mir! dachte ich zufrieden, denn er wollte sichtlich doppelt so viel wie ich. Als die Büchse leer war und ich sie mit Brot auswischte, fragte ich:

»Prohibition?«

Der Fahrer machte zum zweiten Mal seinen Mund breit, jetzt noch etwas breiter, hob die Tischplatte auf und holte eine Flasche vorzüglichen Cognac heraus. Ich glaubte, daß wir anstoßen würden, aber er löste nur den Korken und stellte einen Eierbecher vor mich hin, den ich aber ablehnte. Eine reichliche Portion Cognac brachte meine Hirnmaschinerie auf Touren: Es schien mir, als befände ich mich in einer überaus lustigen Lage, und ich wollte gerade nach einer Unterkunft in diesem miesen Hotel fragen, als über meinem Kopf ein kurzes tiefes Summen ertönte, das sich dreimal wiederholte. Der Fahrer zuckte leicht zusammen, nahm die Handschellen und sagte: »Gehen wir.«

Ich zögerte. Er trat einen Schritt zurück und berührte die Hosentasche, die verdächtig ausgebeult war.

»Noc Hercules«, sagte ich laut, lächelte und reichte ihm die Hände. Er lächelte ebenfalls, wenn auch etwas schief, öffnete die Tür, und wir stürzten in die auf der anderen Seite herrschende schwarze Brühe. Jetzt gingen wir einen anderen Weg, denn bald faßte er mich am Arm und zerrte daran. Das kam gerade recht, denn sonst wäre ich über die Treppe gestürzt. Wir gingen die Treppe hinauf, ich sah ein blasses blaues Licht, das stärker wurde, bis wir eine Stufe zu einem breiten Korridor betraten, der keinerlei Fenster aufwies. In die Wände waren quadratische matte Lampen eingelassen, die ihn erhellten. Der Korridor endete an einer großen Tür, die das ganze Korridorprofil ausfüllte. Als wir zu dieser Tür kamen, stieß mich der Fahrer nach vorn – die Tür öffnete sich von selbst und schloß sich wieder hinter mir. Meinem ersten Eindruck nach befand ich mich in einer riesigen Bibliothek. Die bis zur Decke reichenden Wandregale waren mit Büchern vollgestellt. Davor standen Leitern, Tischchen mit Lampen, Sessel, und in der Mitte ein kleiner runder Tisch, an dem die mir schon bekannten Männer saßen. Einer von ihnen, der nur einmal mit mir gesprochen hatte, ein hochgewachsener, schmächtiger Mann mit grauen Schläfen, trug ein Lorgnon mit glänzenden Gläsern. Ich trat näher.

»Wir haben gerade von Ihnen gesprochen«, sagte er endlich langsam und ziemlich leise. Er sprach, als sei er recht müde. Ich verbeugte mich kaum merklich und wartete.

»Wir wollen Ihnen glauben ... die Untersuchungen haben ergeben, daß Sie aller Wahrscheinlichkeit nach die Wahrheit gesagt haben.«

Ich sah ihn erstaunt an. Welche Untersuchungen? Meinte er das Abendessen mit dem schweigenden Fahrer? Ich mußte sie also für ziemlich nachlässig halten.

Er schien mein Staunen gar nicht zu bemerken. »Sie sind, ohne es zu wollen ... in eine sehr komplizierte Lage geraten.« Er schien jedes Wort auf die Waagschale zu legen. »Eines müssen Sie wissen: So wie Sie bis jetzt waren, werden Sie nicht mehr sein.«

Blitzschnell kam mir der Einfall, daß hier die Zentrale einer hervorragend organisierten Gang sei – oder vielleicht eine politische Gruppe von Faschisten oder etwas von der Art?

Aber wozu diese Bücher?

»Oder Sie werden hier gar nicht herauskommen, oder ...«, er hielt inne. Sie betrachteten mich gelassen, aber ich spürte trotzdem eine gewisse Spannung.

»Oder?« fragte ich und wandte mich an den, der mir schon einmal eine Zigarette angesteckt hatte.

»Entschuldigung, darf ich Sie bitten? Wie Sie sehen, kann ich mich meiner Hände nicht bedienen und würde gerne rauchen.«

Er steckte mir langsam (alles machten sie langsam, es war lächerlich, aber zugleich schrecklich – als spielten sie eine Rolle auf der Bühne) eine Zigarette in den Mund und gab mir Feuer. Die anderen warfen einander Blicke zu – zum zweiten Mal.

17

»Oder Sie werden zu uns gehören ...«, schloß der Mann mit dem Lorgnon. »Und es scheint mir, daß das der Fall sein wird.«

»Der Anschein kann trügen«, erwiderte ich und bemühte mich ebenfalls, langsam zu sprechen, nicht so sehr, um mich ihnen anzupassen, sondern eher, um den Cognacnebel zu beherrschen, der nach dem langen Hungern meine Sinne verwirrte.

»Darf ich wissen, worum es geht?«

Der Mann mit dem blassen breiten Gesicht, der bis jetzt geschwiegen hatte, hob den Kopf.

»Das können Sie natürlich nicht wissen«, sagte er in irgendwie entschuldigendem Tonfall. Und lauter: »Ihnen ist es doch nicht ganz egal. Unsere Devise ist einfach: gehorchen und schweigen.«

Ich muß zugeben, daß mich dieses Gespräch in einen sonderbaren Zustand versetzte. Als ich von dieser seltsamen Gesellschaft zum Verschwinden, gleichsam zum Tod verurteilt worden war, war mir bewußt geworden, daß meine Situation hoffnungslos war, doch die neue Wendung erweckte neue Kräfte in mir. Ein Mensch in auswegloser Lage wird apathisch, abgestumpft. Ein Hoffnungsstrahl aber genügt, und die Kräfte vervielfachen sich, alle Sinne werden bis zum Äußersten geschärft, und man wird zu einem einzigen gespannten Muskel, um das Leben mit den gewaltigsten Anstrengungen zu meistern. Das war auch bei mir der Fall. Während ich mit gedämpfter Stimme sprach, musterte ich gleichzeitig mit blinzelnden Augen die Umgebung und schätzte die einzelnen Entfernungen ab. Flucht? Warum nicht? Ja, das war der letzte Ausweg. Ich konnte nach einem massiven Aschenbecher greifen und ihn dem Anführer an den Kopf werfen, aber das wäre eine Dummheit. Weitaus besser wäre es, ihn gegen die große elektrische Lampe zu schleudern, die den Saal erhellte. Es ging lediglich darum, ob in der runden matten Kugel eine oder mehr Birnen glühten? Davon konnte alles abhängen. Gut, aber die Tür? Diese sonderbare Tür, die sich von selbst öffnete und schloß. Ich stand mit dem Rücken zu ihr und wußte nicht, ob sie eine Klinke hatte.

»Sie dürfen keine Fragen stellen ...«, sagte langsam und mit Nachdruck der Mann mit dem bleichen, schweißüberströmten Gesicht und drückte die Zigarette in dem silbernen, ziselierten Aschenbecher aus. Er fegte ein unsichtbares Staubkörnchen von der Manschette und heftete plötzlich seinen kühlen blauen Blick auf mich.

»Erlauben Sie ...«, ich lächelte und zuckte leicht mit den Achseln; dabei sah ich verstohlen zur Tür. Sie hatte eine gewöhnliche Klinke. Ich hatte das Gefühl, daß ich doch ...

Ein Mann, der unserem Gespräch gar nicht zugehört zu haben schien, sagte auf einmal einige Worte in einer mir unverständlichen Sprache. Es waren Rachenlaute. Mein Gesprächspartner beugte sich über die Tischplatte und sagte schnell und leise:

»Sind Sie einverstanden?«

»Womit?«

Ich wollte um jeden Preis Zeit gewinnen.

»Sie haben die Wahl, entweder unserer ...«, hier zögerte er. (Es mangelt ihnen wohl an Praxis, dachte ich. Das ist keine Gang. Dort haben sie andere Manieren.) »... Organisation beizutreten oder unschädlich gemacht zu werden.«

»Das heißt, auf Bodentemperatur abgekühlt, wie?«

»Nein«, sagte er ruhig. »Wir werden Sie nicht töten. Wir führen lediglich eine kleine Operation durch,

19

nach der Sie den Rest Ihres Lebens ein Idiot sein werden.«

»Ja . . . Und was soll ich in der ›Organisation‹ tun?«

»Nichts, was Ihre Möglichkeiten übersteigen würde.«

»Geht es um etwas Gesetzwidriges?«

»Welches Gesetz meinen Sie?«

Ich war verblüfft. »Nun ja . . . unser amerikanisches Gesetz.«

»Zweifellos . . . manchmal«, antwortete er. Wie auf Befehl lächelten jetzt alle. Gasmasken, hätte man meinen können, die sich für einen Augenblick belebten. Ich machte eine langsame Fußbewegung, um durch die Drehung den Aschenbecher in mein Blickfeld zu bekommen. Schaffte ich es, ihn mit gefesselten Händen gegen die Lampe zu schleudern? Ich war kein schlechter Sportler. Im selben Augenblick beugte sich der Mann mit dem Lorgnon bis zu einem auf dem Tisch stehenden Oleander in einem schönen Jaspistopf hin und sagte einige Worte, die ich nicht verstehen konnte. Die Tür öffnete sich, und der Fahrer mit seinem Helfer erschien.

»Abführen – in den Operationssaal«, sagte der Anführer. »Und die Handschellen abnehmen.«

Der Fahrer trat zu mir her – der Schlüssel knirschte im Schloß. Im nächsten Augenblick versetzte ich ihm mit dem stählernen Armband der linken, noch gefesselten Hand einen Schlag an die Schläfe und gab ihm gleichzeitig einen Fußtritt in den Hintern. Er fiel um, ohne einen Laut von sich zu geben. Aber noch während sein großer Körper in meine Richtung fiel, faßte ich ihn am Kragen seiner Lederjacke und schleuderte ihn mit aller Kraft zwischen die Männer, die vom Tisch aufsprangen. Der riesige Körper stieß den Tisch um, einige Sessel kippten – ich wartete nicht ab, was weiter geschehen würde, sondern stürzte zur Tür. Sonderbarerweise schoß niemand. Der Helfer des Fahrers stand mit leicht gespreizten Beinen ruhig in der Tür, als wollte er plötzlich einen lange nicht gesehenen Bekannten begrüßen.

Ich schlug ihm mit der linken Faust an das Kinn, das heißt, ich zielte auf diese Stelle, doch er parierte meinen Schlag mit der Handkante, so daß ich einen scharfen Schmerz in der Hand verspürte, die unwillkürlich herunterfiel. Der Mann konnte Jiu Jitsu – das war fatal.

In diesem Chaos, als ich hinter meinem Rücken Schritte vernahm, die sich mir näherten, blitzte in mir die Erinnerung an den stämmigen kleinen Itchi-Hasam auf, der in Kyoto japanischen Kampfsport unterrichtete. In der letzten Lektion hatte er mich zwei Griffe gelehrt, die den Europäern unbekannt sind und die zum Tode führen. Es sind Schläge mit beiden Händen, von unten, die scherenartig die Kehle zertrümmern. Der, den ich mit der ganzen Kraft der Verzweiflung ausführte, gelang nur zum Teil. In dem Augenblick, als ich seinen gespannten Körper spürte, ergriffen mich starke Arme von hinten. Ich warf mich zu Boden, doch der Kampf dauerte nicht lange. Aus der Masse der bebenden Hände und Füße erhob ich mich, an den Kleidern festgehalten, und wurde sonderbarerweise zu Tisch gebeten.

Einer der nach Atem Ringenden schob mir einen Sessel zu, und als ich verdutzt und zittrig hineinfiel, schob mir der zweite eine lange Zigarette in den Mund, der dritte gab mir Feuer; und sie ließen sich alle bei mir nieder, wie zu einem geselligen Gespräch nach einer kurzen Pause.

Der Fahrer machte sich schnell davon, zusammen mit dem Helfer, der röchelte, Blut spuckte und sich die verletzte Kehle hielt.

Nach einer Minute des Schweigens sagte der Anführer:

»Sie haben die Prüfung bestanden ... Sie gehören bereits zu uns.«

»All das war natürlich eine Komödie«, fügte er hinzu, als er meinen staunenden Blick bemerkte. »Wir haben Ihnen eine Chance gegeben, und Sie haben sie wahrgenommen.«

»Eine originelle Art und Weise ...«, sagte ich und massierte mir den Oberarm. »Darf ich wissen, welche Scherze die Herren noch in petto haben? Mir als erfahrenem amerikanischem Reporter ist so etwas noch nie zugestoßen.«

»Das glaube ich Ihnen gern«, sagte der Mann mit dem bleichen Gesicht. »Erlauben Sie, daß ich Sie mit den Anwesenden bekannt mache: es sind Doktor Thomas Kennedy« – er wies auf den Mann mit dem Lorgnon – »hier Mr. Gedevani, Ingenieur Fink, und ich heiße Frazer.« Die Herren verbeugten sich und reichten mir die Hand. Ich wußte nicht, ob ich mich ärgern oder ob ich lachen sollte.

»Und ich heiße ...«

»Das wissen wir, das wissen wir ganz genau, Mr. McMoor – Sie stammen aus Schottland, nicht wahr?«

»Meine Herren, bitte, genug der Scherze!«

»Wir verstehen Sie völlig«, sagte Frazer. »Nun, in kurzen Worten: So wie wir hier sitzen, sind wir eine Organisation, die eigentlich keine rein wissenschaftlichen oder wirtschaftlichen oder gar« – er lächelte – »räuberischen Zwecke verfolgt. Glauben Sie nicht, daß wir Faschisten sind«, fügte er noch schnell hinzu, denn er erkannte, daß mein Gesicht länger wurde. »Wir sind auch kein Klub gelangweilter Millionäre.«

»Und wenn Sie eine ganze Stunde so fortfahren«,

sagte ich bissig. »Ihr seid auch keine Gesellschaft für den Schutz entgangener Schnitzel oder ein Klub zur Versorgung der eigenen Tasche ...«

»Es ist eine Sache, die schwer zu verstehen und noch schwieriger zu glauben ist«, sagte ein Mann in schwarzem Anzug mit schmalem Gesicht, das ein gepflegter silbriger Schnurrbart zierte. Der Präsident des Vereins hatte ihn Ingenieur Fink genannt. »Allem Anschein nach werden Sie sich für die Sache nicht nur näher interessieren, sondern ihr auch all das opfern, was wir geopfert haben.«

»Und das heißt?«

»Das heißt alles«, sagte er und stand auf. Die anderen hatten sich ebenfalls erhoben, und Frazer wandte sich an mich:

»Wollen Sie mir folgen? Ich muß Ihnen die Sache genau erklären.«

Ich verbeugte mich und folgte ihm über den schalldämpfenden dicken Teppich.

Wir kamen zur Tür, die sich von selbst öffnete, als wir zwei Schritte von ihr entfernt waren. Ich bemerkte, daß wir allein waren – die anderen Verschwörer (wie ich sie in Gedanken nannte) waren in der Bibliothek zurückgeblieben. Der Korridor führte zu mir unbekannten Treppen, die in einem Betonblock eingebaut waren: ohne Fensteröffnungen, schwer, massiv. An den Wänden glühten überall die matten quadratischen Lampen. Der Korridor im zweiten Stock glich ganz dem unteren – mein Führer ging mit mir zu der Tür, die auf der Plattform zu sehen war, öffnete sie und trat als erster ein.

Es war ein kleiner Raum, vollgestopft mit physikalischen Instrumenten und Büchern. An den Wänden hingen Landkarten – wie es mir schien, zeigten sie eine

23

Wüstengegend –, und auf dem Fußboden standen verschiedene Globusse. Das Mobiliar bestand aus einem riesigen amerikanischen Schreibtisch, einigen Fauteuils und Tischen mit komplizierten Apparaten mit unzähligen Kathodenröhren.

Das fiel mir als erstes ins Auge, als ich mich, dazu aufgefordert, setzte und zu meinem Gastgeber hinüberschaute. Er war sonderbar konzentriert und ernst. »Mr. McMoor, ich bitte Sie sehr, verstehen Sie mich richtig, und wenn möglich, schenken Sie allem, was ich Ihnen zu sagen habe, Glauben. Ich werde später versuchen, Ihre Zweifel mit Hilfe anschaulicher Mittel zu zerstreuen.« Er machte eine ausladende Geste und fragte, während er eine Zeitung vom Tisch aufnahm: »Erinnern Sie sich, welches Phänomen sich vor drei Monaten am Himmel unserer Hemisphäre gezeigt hat?«

Ich zerbrach mir den Kopf. »Es kommt mir vor, als sei ein großer Komet erschienen oder auch ein Meteor – ich kann mich nicht recht entsinnen«, sagte ich. »Wir waren damals mit der Kapitulation Deutschlands beschäftigt – Astronomie samt Meteorologie waren Nebensache.«

»Genauso war es.« Mein Gesprächspartner schien hoch zufrieden. »Sie müssen wissen, daß ich Physiker von Beruf bin. Sogar Astrophysiker«, fügte er nachdenklich hinzu. »Der von Ihnen erwähnte Meteorit fiel an der Grenze von Nord- und Süddakota und löste Waldbrände aus. Auf einer Fläche von dreitausend Hektar wurde der Wald zerstört. Da ich in der Gegend war, machte ich mich auf, um mit den Kollegen vom Mount Wilson Observatorium die Absturzstelle des Meteors zu suchen. Es war eine zerklüftete Schlucht – dieser Himmelskörper schien sich den Gesetzen der Himmelsmechanik wenig zu fügen: er berührte die Erdkru-

24

ste unter einem sehr kleinen Winkel, fast horizontal. Beinahe zwei Kilometer raste er über den Wald und riß eine Furche auf, die zwölf Meter tief war, er setzte Bäume in Brand und warf sie mit einer gewaltigen Druckwelle um, bis er sich in einen Hügel eingrub, dessen Gipfel bis zu einer Tiefe von mehreren Dutzend Metern abgetragen wurde. Die Hitze des immer wieder aufflammenden Waldes erschwerte den Zugang zu der Stelle, wo sich der rätselhafte Meteorit befand. Das Sonderbare daran war, daß wir in der Nähe keine Splitter von Meteoreisen fanden, überhaupt nichts, was uns über die Struktur dieses Gebildes hätte Aufschluß geben können. Mit Hilfe der herbeigeschafften Maschinen und Arbeiter gelang es mir, diesen Körper nach künstlicher Abkühlung auszugraben – von den verschiedenen Schwierigkeiten, die damit zusammenhingen, berichte ich Ihnen ein anderes Mal. Dieser Bolide ist zur Zeit hier, Sie können ihn am Tag sehen, sogar morgen. Er ist eigentlich kein Bolide . . .«, er zögerte.

»Ist es vielleicht ein Raketengeschoß aus Europa?« fragte ich. »Die Deutschen versuchten, sie abzuschießen, doch soviel ich weiß, nur auf die britischen Inseln.«

»Ja, es ist ein Raketengeschoß«, sagte Frazer. »Sie sind sehr scharfsinnig. Aber es stammt nicht aus Europa.«

»Japan?«

»Weder noch . . .«, und er wies auf die großen Weltkarten, die an der Wand hingen. Ich betrachtete sie sehr genau. Große sonderbare gelbe Flächen, gewundene, dunkle, gleichsam mit Wald bedeckte Massive, weiße Schneekappen auf den Polen – ich erkannte plötzlich ein winziges, engmaschiges Kanalnetz.

»Mars!« schrie ich fast.

»Ja, es ist ein Geschoß vom Mars«, sagte Frazer langsam und legte einen Gegenstand vor mich hin, den er behutsam aus einer Schublade geholt hatte.

»Und das ist die erste Nachricht von einem anderen Planeten ...«

Auf der roten Schreibtischplatte lag eine blauglänzende Walze aus einer metallischen Substanz. Ich griff mit der Hand danach – sie blieb hängen.

»Ist das Blei?« fragte ich.

Mr. Frazer lächelte. »Nein, kein Blei ... es ist ein auf der Erde sehr seltenes Metall: Palladium.«

Ich drehte den Verschluß langsam auf – sein Gewinde glänzte matt ... Ich sah ins Innere: Es handelte sich um eine hohle Walze, die mit Pulver gefüllt war.

»Und was ist das?«

Frazer schüttete das Pulver auf ein Blatt weißes Papier, dann legte er das Papier auf eine weiße Platte, die an zwei Stativen befestigt war, und legte die Metallwalze darunter. Er bewegte sie einmal in die eine, dann in die andere Richtung. Ich glaube, ich schrie auf.

Auf dem Papier fügten sich die Pulverpartikel, wie Splitter, zu einer Zeichnung zusammen: zu einem Dreieck mit seitlich angefügten Quadraten. Der pythagoreische Lehrsatz. Darunter befanden sich drei kleine Markierungen, die Noten glichen. Frazer schüttete das Pulver sorgfältig in die Walze und legte sie in die Schublade. Dann sah er mich an, um zu prüfen, welchen Eindruck diese seltsame Verführung auf mich gemacht hatte.

»McMoor, dieses Geschoß brachte nicht nur Nachrichten von einem anderen Planeten ... sondern auch lebende Eindrücke.«

»Menschen vom Mars?«

»Wenn das die Menschen ... im Geschoß befand sich ein ungemein komplizierter Mechanismus ... Wie soll ich es Ihnen erklären? Mir fehlen die Worte. So etwas wie ein mechanischer Roboter . . . Sie werden ihn sehen . . . wir glaubten, die Rakete sei von einem Roboterpiloten gelenkt worden. Aber nein: Es zeigte sich, daß sich an einer·gewissen Stelle im Zentrum etwas befindet – nicht zu glauben – kommen Sie, das müssen Sie sehen. Ich selbst beginne, an die eigene nervöse Verwirrung zu glauben, wenn ich das nur einen Tag lang nicht sehe . . .«

Wir gingen auf den Korridor hinaus. In meinem Kopf ging alles durcheinander, ich achtete nicht mehr auf die Umgebung, ich bemerkte nur, daß wir in den Aufzug stiegen, dessen Schacht in der Mitte des von den Treppen umgebenen Blocks gähnte. Die Fahrt war kurz. Unten war der gleiche Korridor – lang, nur dunkler, denn jede zweite Wandlampe brannte nicht.

Die Riegel knarrten, mächtige Türen, angeordnet in Form einer eisernen Schleuse, schoben sich langsam auseinander – ich trat hindurch. Ich verspürte einen schweren, unangenehmen Geruch. Ich hörte das schwache rhythmische Dröhnen einer Pumpe, verbunden mit dem Schmatzen des Öls in den Ventilen. Das Licht strahlte: Es war der Raum mit den stählernen Türen und einer tiefen Decke. In der Mitte waren zwei mächtige Holzstützen zu sehen und dazwischen, aufgebockt, lag eine formlose Maschine, schwarzglänzend und blauschimmernd. Sie sah aus wie ein Zuckerhut, der Metallspiralen zu Boden sinken ließ. Auf dem Boden glitzerten Nägel und Kiefernadeln. An verschiedenen Stellen waren hellere Streifen zu erkennen, die aussahen, als bestünden sie aus einer gläsernen Masse. Die Spitze des Kegels wies etwas Ähnliches wie eine Metallkappe oder eine große Schraube auf.

»Das ist der Mensch vom Mars«, sagte Frazer sehr

leise. »Sehen Sie!« Er kam und drehte die Kappe langsam einmal in die eine, dann in die andere Richtung. »Hier ist der Behälter. Rühren Sie bloß nichts an«, fügte er erschreckt hinzu, als ich mich zu tief vorbeugte. Ich sah eine Birne, nicht größer als eine große Orange, die eine Vielzahl von Drähten aufwies, sie gingen von einem Pol aus.

»Oh, hier ist das Fensterchen . . .«

Tatsächlich, diese Stahl- oder Palladiumbirne hatte auf dem abgewandten Ende ein Fenster, das mit einer durchsichtigen Masse gefüllt war. Ich sah hinein. Dort war ein sehr schwaches, langsames, aber rhythmisches Blubbern zu sehen. In den Augenblicken des Zusammenballens sah es so aus, als bestünden die leuchtenden Streifen aus Gelatine oder Gallerte. In den Augenblicken des Dunklerwerdens waren einzelne, blaß leuchtende Punkte zu sehen, bis sie im nächsten Stadium in einem Blitz verschmolzen.

»Was ist das?« Unwillkürlich flüsterte ich.

»Er ist, so scheint mir, noch nicht zu Bewußtsein gekommen, oder vielleicht hat er bei der Landung etwas abbekommen«, sagte Frazer und setzte die Kappe auf. Er führte mich schnell auf den Korridor hinaus, drehte die Kurbel, die die dicke Stahlplatte der Tür versperrte, schaute sich erleichtert um – wo war der beherrschte Mann aus dem oberen Saal geblieben? – und sagte:

»Das, was Sie sahen, ist gerade das einzige Lebende . . . in ihm.«

»In wem?«

»Nun ja, in diesem Gast vom Mars . . . das ist eine Art Plasma – wir wissen noch nicht so richtig, was . . .«

Er beschleunigte den Schritt. Ich musterte ihn von der Seite, bis er den Kopf hob.

»Ich weiß, was Sie denken, aber wenn Sie gesehen

hätten, was er tun ... ja, so wie ich es gesehen habe –
ich weiß nicht, ob Sie diesen Raum noch einmal freiwillig betreten würden.«

Mit diesen Worten zwängte er sich in den Aufzug.

Der Aufzug summte leise und stieg mühelos nach
oben. In meinem Kopf rauschte es, ich spürte einen
leichten Schwindel und griff nach der Türklinke. Plötzlich blieben wir stehen. Frazer blickte mich eine Weile
forschend an, als wolle er den Eindruck prüfen, den
diese ungewöhnliche Demonstration auf mich gemacht
hatte ... Dann öffnete er die Tür und ging als erster
hinaus.

Wir waren wieder im ersten Stockwerk. Da wir in die
der Bibliothek entgegengesetzten Richtung gingen, kamen wir zum Knick des Korridors. Dort endete die
Mauer. Auf der rechten Seite sah ich die hohen, in die
Betonrillen eingegossenen Glasplatten, die einen Teil
des Raumes abtrennten, er sah aus wie ein astronomisches Observatorium. Frazer zog mich weiter zu einigen
kleinen weißen Türen und klopfte.

Von innen rief eine leise, heisere Stimme: »Herein!«
Wir betraten einen winzigen Raum, der mit Papieren
vollgestopft war, und auf dem großen Tisch, auf den
Fensterbänken, Stühlen und Schränken lagen Photos
und Skizzen, so daß es mir vorkam, als reichte der Platz
nur für den Zwerg, der zu unserer Begrüßung den Kopf
vom Tisch hob. Es war ein interessanter Typ – ein alter
Mann mit rosigem Gesicht, das mit graumelierten Stoppeln bedeckt war – man könnte sagen, ein Kinderbonbon. Auf diesem Gesicht, das immer wieder seinen Ausdruck wechselte, glänzte eine mächtige, goldgefaßte
Brille, hinter der sich dunkle, durchdringende, gar nicht
lustige Augen verbargen, sie standen zu seinem jovialen
Aussehen im Gegensatz.

29

»Herr Professor, das ist der junge Mann, der gegen seinen Willen zu uns gekommen ist.«

»Haha, Sie sind es, Sie sind in unsere Falle geraten, wie?« begann der Alte und schob die Brille auf die Stirn. »Ich glaube, Sie werden noch Karriere machen.« Kritisch musterte er meine Kleidung, die, von den Spuren der kürzlichen Schlacht in der Bibliothek abgesehen, deutliche Abnutzungserscheinungen zeigte. »Bei uns werden Sie nicht verkommen. Ja, es ist eine wichtige Sache – setzen Sie sich bitte.«

Wir setzten uns. Auf Stühle, die mit Zeichnungen, Stößen beschriebener Bögen und Tafeln bedeckt waren.

»Also, es ist so ... Mr. Frazer hat Ihnen bereits unseren hehe, hehe, unseren Gast gezeigt?«

Ich nickte.

»Man sollte es nicht glauben, was? Aha, ich weiß, ja ... Was ich sagen wollte, also Sie wundern sich, was das für ein Mysterium ist und was es mit diesen Mauern und Schlössern im Gang auf sich hat.« Er lachte, hob die Brille auf, die heruntergefallen war, und sagte in einem ganz anderen Tonfall, gleichmäßig und ruhig, wobei er die Wörter mit erhobenem Zeigefinger betonte:

»Es ist so: Dieser Gast vom Mars ... kann der Menschheit sehr viel Nutzen bringen ... aber noch mehr Unglück. Es sind also einige Leute zusammengekommen und haben die nötigen Mittel für diesen Zweck aufgebracht: das Wesen des Ankömmlings kennenzulernen ... eines Boten von einem anderen Planeten, sich mit ihm zu verständigen, herauszubringen, ob und wieviel er von uns weiß, welche technische oder geistige Überlegenheit er besitzt – um dies für das Wohl der Allgemeinheit herauszufinden oder um ihn gegebenenfalls zu vernichten.« Die letzten Worte sagte er, ohne den Ton zu heben, völlig ruhig, und gerade das verstärkte den Eindruck.

»Wir müssen uns selbstverständlich vor Neugierde schützen – in erster Linie vor der der Presse – unserer grandiosen Presse«, fügte er hinzu und zwinkerte spitzbübisch, wieder das joviale Onkelchen. »Haben Sie mich richtig verstanden?«

»Ich habe verstanden. Ich möchte jetzt fragen, ob und zu welchem Zweck ich Ihnen, meine Herren, behilflich sein kann. Ich besitze keine speziellen Fertigkeiten. Ich könnte mein Ehrenwort geben und abhauen. Ich gebe zu, diese Sache ist ungemein faszinierend und die Möglichkeit ihrer Beschreibung, wenn die Wahrung des Geheimnisses nicht mehr notwendig ist, würde mich unendlich reizen, aber ich glaube nicht, daß ich nur deshalb bei Ihnen bleiben muß, weil mich ein Zufall hierher verschlagen hat und ich sozusagen als Fremdkörper hier bleiben und das Schicksal des Fremden teilen muß: entweder hinausgeschleudert oder absorbiert zu werden.«

»Haben Sie Medizin studiert?« fragte der Professor und betrachtete mich aufmerksam.

Winzige Lichtpünktchen tanzten auf seiner Brille.

»Habe ich . . . ein paar Jahre lang.«

»Das sieht man gleich«, bemerkte er. »Was Ihr Weggehen von hier angeht: Ich weiß nicht, ob sich da etwas machen ließe. Bedenken Sie, daß eine solche Sensation in der Presse . . . so etwas Ungeheures . . .«

Ich richtete mich unwillkürlich auf, denn er winkte einige Male mit der Hand, als würde er etwas streicheln, und sagte: »Bitte seien Sie nicht beleidigt . . . ich stelle Ihr Wort nicht in Frage – das Wort eines Schotten«, er lächelte. »Aber wissen Sie, da ist der Spürsinn eines Reporters. Ich glaube übrigens, Sie werden uns nützlich sein und wir Ihnen um so mehr. Wir erwarten zur Zeit

31

einen einzigen« – er zögerte –, »einen Ingenieur aus Oregon, der uns bestimmte Konstruktionsteile von unseren Freunden bringen soll. Wir haben zwar ein Team von hervorragenden Fachleuten, aber es mangelt uns an jemandem mit gesundem Menschenverstand« – wieder zwinkerte er mir zu –, »und ein solcher Verstand ist eine sehr feine Sache. Wir können ihn auch sehr gut brauchen ... Haben Sie von der Konstruktion des AREAN-THROPOS gehört?«

»Allerdings – nur hatte ich bislang noch nicht einmal Zeit, sie zu verdauen ... auch habe ich den Areanthropos nur kurz gesehen.«

»Ich weiß, ich weiß ... dort sitzen ist sowieso ungesund«, bemerkte der Professor leise, ohne mich anzusehen. »Wir wissen noch nicht, wie das wirkt. Es kommt mir vor, als sei es eine Art Strahlung – manche Körper glänzen in der Nähe des Apparates – und auch, während er aus dem Geschoß hervorgeholt wird.«

Ich sah ihn aufmerksam an. Der Professor schrumpfte irgendwie zusammen und zitterte.

»Aber lassen wir das ... Sie werden schon noch Näheres hören.« Er hob plötzlich den Kopf.

»Sie müssen wissen, daß unser Spiel sehr gefährlich ist – dieser Apparat oder das Wesen oder das im Apparat eingesperrte Wesen – wir finden uns noch nicht zurecht – besitzt verschiedene sonderbare Eigenschaften und kann uns eine hübsche Überraschung bereiten.«

»Warum wollen Sie ihn nicht in Teile zerlegen?« raffte ich mich auf. Beide Männer verzogen das Gesicht.

»Leider, solche Versuche gab es ...«, und, ohne mich anzusehen, »Sie müssen wissen, daß wir zu sechst waren ... und jetzt sind wir nur noch fünf. Es ist nicht so einfach.«

»Jetzt wissen Sie fast genauso viel wie wir«, sagte

Frazer leise. »Sind Sie mit den Bedingungen einverstanden, die wir stellen, das heißt, totale Freiheit, Gleichbehandlung eines jeden als Arbeitsgenossen und Ihr Wort, keinen Fluchtversuch zu unternehmen?«

»Wie denn das, Flucht, meine Herren?« sagte ich, »darf ich diesen Ort verlassen?«

Beide Männer lächelten. »Selbstverständlich nicht«, sagte Frazer. »Sie haben das doch nicht etwa geglaubt?«

»Also, ich bin einverstanden ... aber ich gebe nicht mein Ehrenwort«, sagte ich. »Ein Wort, meine Herren, aber das werden Sie wohl nicht verstehen, wäre ein nicht zu überwindendes Hindernis. Ihre Mauern sind es nicht. Ich kann hier nach den Gesetzen leben, die Sie für sich gelten lassen.«

Und ich erhob mich.

Der Professor lächelte. Er holte eine bauchige goldene Uhr aus der Tasche und warf einen Blick darauf.

»Drei vor zwei ... Ich meine, Sie haben für heute schon genug erlebt. Ich wünsche eine gute Nacht.«

Der Kopf sank ihm auf die Brust. Er sah und beachtete uns nicht mehr und schrieb lange Ziffernkolonnen nieder.

Frazer nahm mich an der Hand, wir traten in den Korridor hinaus. Das Lampenlicht war ein wenig blasser geworden. Ich verspürte eine Kälte im Inneren und eine große Niedergeschlagenheit.

2. Kapitel

Helles Sonnenlicht weckte mich. Staunend streckte ich mich, spürte die Weichheit des Bettes und sprang auf.

Das große helle Zimmer war von Sonnenlicht erfüllt, das durch das Fenster fiel. Ich glaubte zunächst, einen

sonderbaren dummen Traum zu haben, im nächsten
Augenblick aber sah ich die Tür ohne Klinke und
konnte mich an alles erinnern. Ich trat schleunigst ans
Fenster und sah hinaus. Unter mir kräuselten sich die
Wellen eines großen dunklen Sees, dessen Ufer im Morgennebel zu ertrinken schienen. Soweit das Auge
reichte – nur Wasser. Ich schaute aus einer Höhe von
mindestens drei Stockwerken auf eine nahezu glatte,
nur leicht gekräuselte schwarz-grüne Fläche. Ich sah
mich im Zimmer um. Meine Kleider waren verschwunden – auf dem Stuhl lag ein dunkelgrauer Anzug mit
Schottenkaro. Unwillkürlich lächelte ich – ich hatte auf-
merksame Gastgeber. Plötzlich bemerkte ich in der
Wand des Zimmers eine kleine Tapetentür. Ich öffnete
sie – vor mir glänzte ein kleines, elegantes Badezimmer
mit weißen Kacheln und Nickelarmaturen.

Im nächsten Augenblick stand ich schon unter der
heißen Dusche und ergötzte mich am Schaum einer
teuren, duftenden Seife, ohne die ich so lange hatte
auskommen müssen. Ich war gerade mit dem Anklei-
den fertig, als es klopfte und Mr. Frazer das Zimmer
betrat.

»Aha! Sie sind ein Frühaufsteher, das ist gut.«

Er wirkte erholt, lächelte und schien mir gegenüber
keine Vorbehalte zu haben. Er faßte mich am Arm und
zog mich mit. »Bitte zum Frühstück.« Erklärend fügte
er hinzu: »Wir essen immer gemeinsam. Sie werden viel
Interessantes zu hören bekommen. Ingenieur Lindsay
aus Oregon ist angekommen.«

Wir fuhren einen Stock tiefer. Der Saal, den ich betrat, hätte sich in einem englischen Schloß befinden
können. Ein riesiger Kamin, ein langer schmaler Tisch,
um den hochlehnige Stühle aus geschnitztem Mahagoni
standen. Silber und Porzellan, Gedecke, Wappen an

34

den Wänden. Wahrhaftig, die Menschen, bei denen ich mich befand, verstanden es, sich ihr Leben auch unter den sonderbarsten Bedingungen einzurichten. Am Tisch saßen schon alle mir bekannten Männer und auch ein neuer, vierschrötiger Ankömmling mit grobknochigem, tiefgebräuntem Gesicht. Er stellte sich als Ingenieur Lindsay vor. Als ich meinen Platz einnahm, kam der mir schon bekannte Helfer des Fahrers und begann Tee und Kaffee zu servieren. Ich schaute ihn von der Seite an, voller Neugier, wie er sich nach unserem gestrigen Scharmützel fühlte.

Er schien jedoch in guter Verfassung, nur der Adamsapfel war stark angeschwollen, und der Blick, den er mir zuwarf, zeugte nicht von besonderer Freundlichkeit. Ich konnte ihm allerdings keine größere Beachtung schenken, denn bei Tisch war bereits ein Gespräch im Gange, das nur von meinem Erscheinen unterbrochen worden war.

Der Professor, der am Kopf des Tisches saß und Brotschnitten in die schräg gehaltene Kaffeetasse eintauchte, wandte sich an mich. Während des Sprechens hüpfte seine Brille auf der etwas zu kurzen Nase auf und ab.

»Mr. McMoor – gewöhnlich fassen wir die vergangenen Ereignisse zusammen. Also gestern erwarteten wir die Ankunft des Herrn Ingenieurs, der uns die für die weiteren Experimente notwendige Ausrüstung mitbrachte, das heißt, Schutzanzüge aus Blei und Asbest. Es geht eben darum, daß die Maschine Areanthropos eine Art Energie ausstrahlt. Wie es scheint, handelt es sich um Strahlungsenergie, die auf unsere Gewebe eine sehr unvorteilhafte Wirkung hat. Von den der Strahlung ausgesetzten Meerschweinchen lebte nach zwei Stunden keines mehr. Sie sollten wissen, daß diese Wirkung abgeschwächt ist, wie wir hoffen, denn der Apparat befindet sich aller Wahrscheinlichkeit nach im Ruhezustand.«

»Das ist eigentlich unsere Vermutung«, sagte Frazer. »Es geht darum, daß die im Geschoß befindlichen Reste der Atmosphäre, die gewissermaßen der Zusammensetzung der Marsatmosphäre entsprachen, überaus reich an Kohlendioxid sowie an anderen Gasen waren, die unserer irdischen Luft fremd sind. Wir sind also der Meinung, daß der Organismus, d. h. die organische Substanz, die den Mechanismus leitet, durch die ungeeignete Zusammensetzung unserer Atmosphäre vergiftet wurde.«

»Ist vielleicht der Zustand, in dem sich die Maschine jetzt befindet, der Normalzustand?« fragte ich. »Es ist uns doch nicht bekannt, wie sich ein solches Geschöpf verhalten sollte ... Wir sollten hier, meine ich, keine Vergleiche anstellen ... das heißt, dieses Wesen nicht allzu vermenschlichen.«

Alle sahen mich forschend an.

»Pardon, habe ich vielleicht eine Dummheit gesagt? Bitte, verzeihen Sie mir, das waren die Worte eines Laien.«

»In dieser Sache sind auch wir Laien«, erwiderte der Professor, der schon die zweite Portion Kaffee hinter sich hatte und jetzt mit Brotklümpchen spielte. »Ihre Meinung ist durchaus richtig. Leider war die Reaktion der Maschine nun einmal dieser Art, als das Geschoß geöffnet wurde ...«

»Darf ich erfahren, was eigentlich passiert ist?« fragte ich. »Ich habe schon so viele Halbinformationen gehört, daß ich vor Neugierde fast platze ...«

»Sie haben recht«, sagte der graumelierte schmächtige Mann, der Doktor genannt wurde. »In dem Augenblick, als mit Sauerstoffbrennern die Spitze der erhitzten Stahlzigarre, also die Spitze des Geschosses vom Mars, durchschnitten wurde, zeigte sich in der Öffnung nach dem Abtrennen des Mittelteiles eine Metallschlange, die Sie bei genauem Hinsehen erkennen müßten.«

Ich nickte.

»Diese Metallschlange berührte vielleicht einen unserer Arbeiter – das ließ sich nicht genau feststellen –, wobei sie überaus heftige, zuckende Bewegungen machte. Dann zeigte sich der Schlangenrumpf, der aus einer Höhe von mehreren Metern zur Erde schnellte und dann erstarrte. Diese Unbeweglichkeit hat er bis zum heutigen Tag bewahrt, das heißt seit mehr als einer Woche.«

»Was ist daran so sonderbar?« sagte ich.

»Nun, der Arbeiter, der den Acetylenbrenner bediente, starb noch am selben Tag. Mit allen Anzeichen einer Gehirnerschütterung ... aber die Obduktion ergab keine Veränderung außer einer leichten Gehirnblutung.«

»Sie vermuten also?«

»Wir vermuten hier gar nichts. Junger Mann, erinnern Sie sich daran, was Newton sagte? *Hypotheses non figo,* sagte der alte Newton ... Ja, ja, wir forschen nur, stellen aber keine Hypothesen auf – es ist eine Tatsache, daß die Nähe zur Maschine unangenehme Folgen hervorrufen kann, den Verlust des Lebens inbegriffen. Das sollte man nicht vergessen.«

Dann wandte er sich in sachlichem Ton an Frazer: »Herr Kollege, haben Sie für heute alles vorbereitet?«

»Jawohl, Herr Professor. Um neun Uhr wird der Areanthropos mit Hilfe der neu gelieferten Kräne in einen kleinen Montagesaal transportiert, wo wir ihn in einem

Behälter mit einem Gasgemisch nach der Rezeptur des Doktors unterbringen werden. Wir werden uns bemühen, durch Druckabsenkung auf das Marsniveau den alten Zustand herbeizuführen. Sofern es in seinem Mechanismus keine Beschädigungen gibt, sollte das gelingen, glaube ich.«

»Und wie geht es den Meerschweinchen in der Bleihülle, die in der Kammer sitzen?«

Frazer war verstört.

»Ich habe noch nicht nachgesehen, ich weiß es nicht ... wir haben sie erst um fünf Uhr morgens hineingelegt.«

Das rosige Gesicht des Professors wurde rot.

»Wenn wir alle so arbeiten wie Sie, Mr. Frazer, dann wird uns der Marsmensch durch das Fenster entkommen und wir werden ihm vergebens nachjagen. Gut gesagt! Ich habe nicht nachgesehen ..., ich weiß nicht«, murmelte der alte Choleriker und verstreute die Brotklümpchen über den ganzen Tisch.

Ich hörte das Telephon klingeln – es war das Haustelephon.

Nach einem Augenblick kehrte Frazer an seinen Platz zurück. Er setzte sich langsam, und wir schauten dem Professor in die Augen. Dieser setzte sich auf dem Stuhl zurecht, öffnete den Mund und wartete.

»Nun?!«

»Alle Meerschweinchen sind verendet«, sagte Frazer mit dumpfer Stimme.

»Jetzt gibt es zwei Möglichkeiten: entweder die Dosis ist für den Menschen unschädlich, tötet aber die bleigepanzerten Meerschweinchen, oder ...?«

»Oder bla bla«, unterbrach der Professor unhöflich. »Wir müssen bis zum Abend aushalten, wenn wir uns alle beim Abendessen wiedersehen wollen. Bitte verstärken Sie den Schutzpanzer bis zum Maximum. Wie viele Bleiplatten haben wir?«

»Es gibt sechsunddreißig Platten von je acht Zentimeter Dicke«, sagte der vierschrötige Ingenieur.

»Dann geben wir sechsundfünfzig Zentimeter Blei statt zwölf.«

»Und wenn es keine gewöhnliche lineare Strahlung ist, muß man dann das ganze Meerschweinchen von allen Seiten mit der Abschirmung umhüllen?« fragte der Doktor.

»Meinen Sie, daß auf dem Mars andere physikalische Gesetze gelten?« sagte Frazer spöttisch.

»Und Sie glauben, Sie kennen schon alle?« unterstützte der Professor den Doktor. »Als ich in Ihrem Alter war, bildete ich mir auch ein, alles zu wissen. Ich glaube, daß der Doktor recht hat. Fertigen Sie bitte eine Abschirmung in Walzenform an und geben Sie Atmungsfilter dazu – oder nein, es ist besser, alles hermetisch abzuschließen und in einen Sauerstoffbehälter zu geben. Bitte führen Sie das gleich durch und legen Sie es in die Kammer zum Marsmenschen hinein.«

Alle erhoben sich, und der Professor ergriff Frazer an der Hand, zog ihn zum Fenster und fing an, ihm etwas zu erklären, wobei er mit dem Finger etwas auf die Fensterscheibe malte.

Der Doktor trat an mich heran.

»Wie gefällt Ihnen unser Professor?« sprach er mich an und rieb sich die lange, schmale Nase. »Ein Nörgler, was? Aber ich sage Ihnen, was für ein Kopf!«

Und er klopfte sich mit dem Finger an die Stirn.

»Doch wissen Sie was? Ich werde Ingenieur Fink überreden, uns alles zu zeigen, was dem Geschoß entnommen wurde ... es ist ein interessantes Ding – obwohl ich es schon einmal gesehen habe. Sie müssen wissen, daß der Professor alles unter Verschluß hält.« Der Doktor sprach noch einmal mit dem Ingenieur, einem graumelierten Brünetten mit hellblauen Augen und braunem Gesicht, und wir traten auf den Korridor hinaus.

»Verzeihen Sie, meine Herren, aber Ihre Arbeit hat, soviel ich sehe, nichts Ungewöhnliches an sich. Wozu also diese Geheimnistuerei? Und diese sonderbaren Losungsworte, die Art der Verständigung. Konnte Ingenieur Lindsay nicht direkt hierherkommen? Ich bin zwar kein Teilnehmer an diesen äußerst interessanten Forschungen, aber . . .«

»Weil Ihre Kollegen uns nicht in Ruhe lassen«, unterbrach mich der impulsive Doktor. »Weil der Park von Stacheldraht und Hunden umgeben sein muß. Weil sie schon etwas erschnüffelt haben, ich weiß bloß nicht, wie? Daß Professor Widdletton etwas mit dem abgestürzten Meteoriten zu tun habe . . . Glücklicherweise sind sie noch mit Japan beschäftigt . . . aber wenn sie sehen, hier sitzt der berühmte Kopf der modernen Astrophysik, und wir haben einen Konstrukteur wie Mr. Fink und einen Elektrotechniker wie Lindsay – wir haben ihn erst vor drei Tagen angeheuert, müssen Sie wissen – ich versichere Ihnen, daß alle Mauern und Wassergräben und Hunde nichts nützen würden.«

Ins Gespräch vertieft, erreichten wir das Laboratorium. Es war ein großer Raum mit einer teilweise verglasten Decke, modernst eingerichtet. Die Propeller großer Ventilatoren summten, überall glänzte das Glas der in Reihen aufgestellten Apparaturen, an den Wänden leuchteten in allen Farben des Regenbogens chemische Reagenzien in Flaschen. Hier und da zischte ein Bunsenbrenner und heizte irgendwelche Apparate. In einem anderen Teil des Saales standen Tische mit optischen Geräten und komplizierten Uhrwerken ähnlichen Mechanismen, deren Bestimmung mir unbekannt war. Wir durchquerten den Saal, und im nächsten Waschraum sah ich Farbphotos, die die Gegend um die Absturzstelle des Meteoriten zeigten, an den Wänden.

Ich gebe reumütig zu, daß ich sie sehr flüchtig angesehen habe. Auch die Photos von dem Geschoß selbst, einer Zigarre mit stumpfem Ende, erweckten meine Neugierde nicht allzusehr. Das entging meinen Begleitern nicht.

»Ich sehe, Sie wollen das sehen, was das wichtigste ist«, stellte der Doktor fest. »Gehen wir hinunter.«

Wir fuhren mit dem Aufzug ins Erdgeschoß, dann gingen wir über die Treppe zu dem mir schon bekannten unterirdischen Korridor. Wie groß war mein Erstaunen, als ich mich nach ein paar Schritten in dem Stahlraum befand, in dem ich in Gesellschaft des mürrischen Fahrers das Abendessen genossen hatte.

»Sie kennen diese gute Stube, nicht wahr?« wandte sich der joviale Doktor an mich. Ich lächelte. Der Ingenieur stellte die Buchstabenkombinationen der einzelnen Safes ein, und nach einer Weile verkündete uns ein Knattern, daß die Türen offen waren.

Der Ingenieur holte einige Gegenstände aus der dunklen Tiefe und legte sie auf den Tisch.

»Was ist das?« fragte ich und zeigte auf eine Walze aus Palladium, die auf der Seite so etwas wie einen Knopf oder eine Taste aufwies.

»Das ist, so scheint es, ein Schreibgerät – oder ein Apparat zur Fixierung von Gedanken – drinnen befindet sich ein Pulver, vielleicht nichtmetallische Teilchen einer organischen Substanz ... Diese Walze besitzt eine überaus sinnreiche Vorrichtung, die ein Wechselstromfeld erzeugt, das auf das Pulver übertragen wird ... die

41

Veränderungen werden so fixiert, daß das Pulver, das aufs Papier kommt . . .«

»Aha, ich weiß schon«, unterbrach ich ihn. »Ich habe es gestern gesehen, aber wie ist das möglich?«

»Das wissen wir noch nicht – diese Antwort werden wir vorläufig noch sehr oft hören«, bemerkte der Doktor.

Der zweite Gegenstand war ein Dreieck aus einem silbernen Metall, das drei einander durchschneidende Größen hatte. Das alles sah aus wie aus grobem Draht gefertigt.

»Was ist denn das?«

»Nehmen Sie es in die Hand . . .«

Ich wollte es tun, aber der Gegenstand rutschte weg, als ich ihn berührte. Ich packte ihn mit der Faust. Es war etwas Hartes und Kaltes, das allerdings sofort zu zittern begann, sich in der Hand wand und warm wurde, so daß ich es unwillkürlich losließ. Es fiel auf den Tisch und erstarrte in seiner ursprünglichen Gestalt.

»Eine scheinbar metallische Substanz, die sich durch Mobilität auszeichnet«, dozierte der Doktor mit halbgeschlossenen Augen. »Sie macht all unsere Vorstellungen von lebender Materie und den Unterschieden zwischen Leben und Tod hinfällig . . .«

Der dritte Gegenstand war eine kleine schwarze Kassette. Der Doktor hob sie auf und hielt sie vor seinen Augen gegen das Licht. Mir fiel auf, daß sich die Wand der Kassette hin und wieder verdunkelte und sich so etwas wie eine grünlich phosphoreszierende Oberfläche bildete, auf der allerlei hellere Linien hin und her liefen. Manchmal blieben sie ein paar Sekunden lang regungslos stehen, dann wieder bewegten sie sich rasend schnell.

»Was das da betrifft«, sagte der Ingenieur, »gehen die

Meinungen auseinander ... Ich glaube, es ist eine Art Fernsehgerät für die Verständigung mit dem Mars, Kollege Lindsay glaubt, eine Art Empfänger für eine unbekannte oder modifizierte Energieart. Dabei ist nicht ausgeschlossen«, fügte er lächelnd hinzu, »daß es sich um eine dritte Variante handelt, die sich von unseren Vermutungen völlig unterscheidet.«

Der letzte Gegenstand war eine kleine Zigarre, die aus Gummi oder einer nicht sehr harten Kunststoffmasse gefertigt war und mich an den vom Photo her bekannten Boliden erinnerte.

»Ist das ein Modell des Geschosses?« fragte ich und empfand eine Art Erleichterung darüber, daß die Gäste vom Mars doch zumindest eine Eigenschaft mit dem Menschen gemein hatten: auch sie mochten die Verkleinerungen ihrer technischen Produkte.

»Leider nein«, sagte der Doktor mit ironischem Lächeln. »Es ist nur die äußere Hülle. Herr Ingenieur, zeigen Sie bitte Mr. McMoor, was in diesem Zigarrchen enthalten ist, denn mein Finger« – er betrachtete seinen Daumen – »ist noch nicht verheilt.«

Der Ingenieur lächelte gequält, doch er nahm die Zigarre in die Hand und legte sie in ein gläsernes Aquarium, das auf dem Tisch stand. Dann holte er aus dem Wandsafe lange Zangen hervor, hielt damit die Zigarre und drückte langsam an dem ihm zugewandten Ende. Dieses Ende öffnete sich wie ein Fischmaul, und heraus sprang etwas Rotes, nicht allzu Großes, aber höchst Bewegliches. Es war ein Gebilde von der Größe einer Nuß, das immerfort hüpfte wie ein Ball. Über ihm schienen zwei dunkelblaue Zacken zu hängen.

»Nun, ein Schaustück der Fauna oder auch der Marsflora«, bemerkte Dr. Kennedy. »Es beißt ziemlich unangenehm, aber man kann es ertragen.« Er hielt mir einen mit allerlei eingebrannten Linien geschmückten Daumen unter die Nase. »Es sind Tiere, die, wie mir scheint, unseren Spinnen oder Gliederfüßlern ähneln, obwohl sie keine Füße haben. Allerdings sind sie, wie mir scheint, klüger als sämtliche Insekten des ganzen Erdballs.«

»Woran erkennt man das? Und warum stehen Sie diesen Ankömmlingen so positiv gegenüber?« fragte ich. Ungeheuer bizarr, überlegen und fremd waren all diese Gegenstände, angesichts derer mich mein für gewöhnlich leistungsfähiges Gehirn im Stich ließ; das alles ärgerte mich also.

»Es ist ganz einfach ... im Verlauf einer zweitägigen Versuchsreihe zeigte dieses Wesen ein Gedächtnis, das einem Hund aus dem Laboratorium der bedingten Reflexe alle Ehre machen würde ... bei einem weit schnelleren Reaktionsvermögen. Beachten Sie den Fortbewegungsmechanismus: es hat keine Extremitäten, doch es bewegt sich fort und springt durch das Zusammenziehen des Bauchunterteils.«

Ich sah mir das ziegelrote Gebilde an, das auf dem Boden des leeren Aquariums herumsprang, und bemerkte, daß es hellere und dunklere Streifen aufwies und dort, wo sich die Zacken befanden, eine Art dünner Griffe hatte.

»Aber das sind doch nicht seine Extremitäten?« rief ich erstaunt.

Wahrhaftig, die sogenannten Zacken waren in Wirklichkeit zwei Kiefer, die sorgfältig aus dem silberblauen Metall herausgefeilt worden waren und ein fast mathematisch berechnetes System der Verzahnung besaßen. Die Fortsätze, die jene Kiefer hielten, waren spiralförmig gedreht.

»Leider, Sie haben recht: Es stellte sich heraus, daß

sich die Insekten auf dem Mars eines Werkzeuges bedienen«, sagte der Doktor. Er ergriff das Tier mit den Zangen, was ihm nicht gleich gelang. Der Ingenieur sah es mit Staunen, befahl größere Vorsicht und schob das Wesen in den Zigarrenbehälter.

Als der gewissenhafte Ingenieur alles im Safe untergebracht hatte, sagte der Doktor: »Mir wird schon übel, wenn ich es nur sehe. Wäre ich kein alter Narr gewesen, wäre ich jetzt nicht hier. Ich rede nicht von den Gefahren« – er richtete sich leicht auf –, »ich habe das Militärverdienstkreuz, aber diese verrückten Dinge und dieser mechanische Kadaver bringen mich aus dem Gleichgewicht. Und wozu braucht man einen Arzt?« fragte er sich und führte mich zu dem Korridor, der, wie immer, auch tagsüber künstlich beleuchtet war. »Meinen Sie nicht, man brauchte einen Uhrmacher für diese Marsmenschen und keinen Arzt? Hahaha!«

Der Ingenieur schob den Riegel vor und wandte sich uns zu. »Nehmen Sie sich die Bemerkungen des Doktors nicht allzusehr zu Herzen«, sagte er, »und auch nicht seinen Pessimismus: er nimmt sich selbst nicht ernst.«

Wir betraten das Parterre. Der Ingenieur drückte auf den Knopf. Ein leises Surren ertönte, die Tür sprang auf, und der kleine, halbverdunkelte Innenraum des Aufzuges öffnete sich vor uns. Ich sah meine Begleiter an.

»Gehen wir in die Bibliothek«, sagte der Doktor und sah auf die Uhr: »Es ist elf, gleich findet der Kriegsrat statt.«

Die Bibliothek war leer, so schien es mir jedenfalls im ersten Augenblick. Am Seitenfenster stand ein Mann, mit dem ich bis jetzt noch nicht gesprochen hatte. Er war klein, rundlich und trug einen lockeren, weit geschnittenen Anzug, der über seine gewölbten Schultern schlotterte und kaum seine rundlichen Formen zu verbergen vermochte. Sein Gesicht war olivbraun, die Haare waren blauschwarz und die Augen grün, als stammten sie von einem Norweger, denn sie glänzten wie das Eis in den Gletscherklüften.

»Oh, Mr. Gedevani ist hier!« Der Doktor schien zufrieden. »Nun, was gibt es Neues?«

Mr. Gedevani sprach kein besonders gutes Englisch.

»Doktor, der Professor hat Sie gerufen. Oben und unten hat es schon dreimal geläutet. Gehen Sie in den kleinen Operationssaal.« Der Doktor erwiderte nichts mehr, seine Bewegungen wurden genau, schnell. Er griff mit der linken Hand in die Innentasche und überprüfte, ob er die Injektionsspritze bei sich hatte, dann lief er aus dem Saal.

»Was ist los?« fragte ich.

»Ich weiß nicht.« Mr. Gedevani trommelte mit den Fingern auf den Tisch. »Es scheint, daß unser Freund Lindsay Mr. Frazer beweisen wollte ... hm ... daß die Maschine, das heißt, der Mensch vom Mars, keine Strahlen aussendet ...«

»Und was war los mit ihm?«

»Burke fand ihn ohnmächtig beim Aufzug. Er wollte wohl flüchten, wer weiß?«

In diesem Augenblick ging die Tür auf, und der Professor stürzte herein. Ihm folgten alle anderen außer dem Doktor und Lindsay. Der Professor lief die Bibliotheksregale entlang, stampfte mit den Füßen, murmelte etwas und warf einen zornigen Blick auf die Männer, die sich langsam setzten, Zigaretten anzündeten und abwarteten, daß der Zorn des Alten verrauchte.

»Tausendmal habe ich gesagt: Keine Experimente auf eigene Faust! Es muß Schluß damit sein oder ich reise morgen ab – seid ihr Kinder?« brach es dann aus dem Professor hervor. »Die Sache ist ohnehin zu ernst, als daß ein großer Gelehrter aus Ehrgeiz oder wegen einer ad hoc konstruierten Theorie sich dieser Gefahr aussetzen sollte ...« Er unterbrach sich, holte aus der Westentasche eine unmöglich zerdrückte Zigarre, biß das eine Ende ab, steckte sie an und fuhr in einem ganz anderen Tonfall fort: »Unser Freund Lindsay wird dieses Abenteuer, wie es scheint, unversehrt überstehen ... Nun möchte ich mir über die Vorschläge und die Arbeitsergebnisse der Herren bis zum heutigen Tag berichten lassen ... Wir wollen uns, wenn möglich, nicht so sehr um den raschen Fortgang der Forschungen kümmern, sondern uns bemühen, möglichst sichere Bedingungen zu schaffen ... was nebenbei bemerkt ziemlich illusorisch ist. Ingenieur Fink, berichten Sie bitte über die technische Seite.«

Der Ingenieur erhob sich und begann seine Notizen auf dem Tisch auszubreiten.

»Nun, die Sache ist erledigt ... die Maschine befindet sich in der Panzerkammer, die, wie Ihnen bekannt ist, mit sechzig Zentimeter dickem Blei geschützt ist. Wir waren der Meinung, daß ein halber Meter Blei eine hundertprozentige Abschirmung gegen jede Wellenenergie bietet, und diese Annahme erwies sich nach den Ergebnissen mit den in unseren Labors auftretenden Strahlen als falsch. Der unglückliche Zwischenfall mit dem Kollegen Lindsay zeigte nämlich, daß diese Strahlen unsere Abschirmung wie ein Blatt Papier durchdringen. Damit stellte sich heraus, daß das Experiment mit den Meerschweinchen völlig sinnlos war. Unser Ziel ist es, die Maschine der Wirkung einer gewissen veränderten Atmosphäre im ganzen auszusetzen – da die Versuche, sie zu zerlegen, unglücklich endeten und der Vorschlag, den lebenden Teil völlig zu vergiften, abgelehnt wurde, weil er nach Meinung des Doktors diese Art Plasma zerstören könnte.

Um dieses Projekt auszuführen, schlage ich folgendes vor: Erstens, ein Bleirohr mit einer Dicke von zwei Metern anzufertigen. In dieses Rohr soll die Maschine gelegt werden, worauf beide Enden mit geeigneten Platten geschlossen werden. Zweitens wird im Rohr innen eine Fernsehkamera montiert, die es uns ermöglicht, alle Vorgänge von draußen zu beobachten. Ich glaube, daß dieses Vorgehen ein Maximum an Sicherheit bietet.«

»Sind Sie fertig?« fragte der Professor.

»Ja.«

»Dann bitte ich Sie, sich zu Burke zu begeben, der Ihnen den Schutzanzug anziehen wird. Sie werden in den Kellerraum gehen und versuchen, durch die geschlossene Tür mit dem Elektrometer die Strahlungsstärke aus der Kammer zu messen. Nur so werden Sie berechnen können, welche Abschirmung notwendig ist, wozu noch ein gewisser Sicherheitsfaktor kommt. Bitte versuchen Sie keine Tricks, betreten Sie die Kammer nicht ohne triftigen Grund, und Burke soll die ganze Zeit im Korridor beim Aufzug sitzen. Falls etwas passieren sollte, unterrichten Sie uns sofort. Haben Sie mich verstanden? Ich hatte bis zum heutigen Tag geglaubt, daß alle der Herren gut Englisch sprechen, aber nach dem Abenteuer mit Mr. Lindsay weiß ich gar nichts mehr.«

Der Ingenieur verbeugte sich, legte seine Papiere zusammen und ging.

In der Tür traf er den Doktor, der schnell nach vorn trat, sich dem Professor näherte und ihm mit so leiser Stimme etwas zuflüsterte, daß ich nichts verstehen konnte. Der Professor starrte ihn an, blickte zum Doktor, dann tippte er sich mit dem Finger an die Stirn und zuckte die Achseln. Der Doktor schien ihn zu überzeugen, er zeichnete mit dem Finger etwas auf die Handfläche.

»Er ist verrückt geworden«, explodierte endlich der Professor.

Der Doktor schien das nicht ernst zu nehmen: »Er ist genauso normal wie ich«, sagte er. »Andererseits kann es sich um eine Halluzination gehandelt haben. Und« – er wandte sich an uns: »Meine Herren, Ingenieur Lindsay ist wieder bei Bewußtsein und erzählte mir, daß er bei geschlossener Tür die Strahlungsstärke in der Kammer messen wollte und etwa eine halbe Stunde lang mit dem Elektrometer hantierte. Es stellte sich heraus, daß das Elektrometer defekt war und keine Strahlung nachweisen konnte, obwohl sie überaus stark war. Ein Beweis dafür war, daß der Ingenieur ohnmächtig wurde. Er lag dort etwa fünfzehn Minuten, doch als ihm übel wurde und er zu Boden sank, begann er offensichtlich in Richtung Korridor zu kriechen, denn Burke fand ihn beim Aufzug. Der Ingenieur behauptet, daß er etwa drei Minuten vor zehn Uhr vormittags, das heißt eine Viertelstunde nach dem Ablesen des Elektrometers, das sich nicht einmal rührte, folgende Erscheinung bemerkte: Ein Teil der Stahltür, die die Kammer verschließt, begann transparent zu werden, gleichsam bis zur Rotglut erhitzt. Er berührte sie mit der Hand und fand die Temperatur normal. Einige Minuten später verschwand dieser Teil der Tür, und in der entstandenen Öffnung zeigte sich etwas, das wie ein schwarz glänzendes, stumpf auslaufendes Kabel aussah. Er glaubte, daß es das Ende eines Schlangenrohrs war, die, wie es scheint, dem Marsmenschen als Extremitäten dienen. Doch der Ingenieur befand sich, vermutlich unter Einwirkung der Strahlung, in einer derartigen seelischen Verfassung, daß er sich über diese Erscheinung nicht wunderte, sondern weiterhin dort saß, bis er rund zehn Minuten später in Ohnmacht fiel. Ich bin der Meinung, auch wenn dieses Phänomen des Verschwindens der fünfzehn Zentimeter dicken Stahlplatte gar nicht stattgefunden hat und es sich um eine Projektion des vergifteten Bewußtseins handelte, so liefert es dennoch einen Fingerzeig, wie die vom Areanthropos ausgesandten Strahlen wirken: Sie bewirken nämlich den Verlust der kritischen Urteilsfähigkeit und tragen dazu bei, daß der Mensch auf allmähliche und unauffällige Art das Bewußtsein verliert, ohne sich dagegen wehren zu können.«

Als der Doktor geendet hatte, schwiegen alle längere Zeit.

»Eigentlich ändert das gar nichts«, bemerkte der Professor. »Mr. Gedevani, Sie sind uns – und nicht nur uns – als der beste Spezialist für experimentelle Atomphysik bekannt. Sie haben doch in Chicago vier Jahre am Zyklotron von Lawrence gearbeitet: Ich bitte Sie um Ihre fachmännische Meinung: Ist die Diffusion eines Körpers durch eine Stahlplatte ohne Erhöhung der Temperatur möglich? Bitte, erklären Sie das ausführlich.«

Der kleine olivbraune Gedevani stand auf, schwieg eine Weile und explodierte schließlich:

»Herr Professor, meine Herren! Wenn ein solches Phänomen möglich ist, dann ist alles möglich ... Theoretisch, ja. Ich muß sagen, theoretisch, das heißt, nach der Wahrscheinlichkeitstheorie, muß ein Stein nicht fallen, Wasser auf einer Herdplatte nicht brodeln, es ist bloß wahrscheinlich, daß es ... wie sagt man? Daß es geschehen wird. Aber in diesem Fall – nicht. Ich glaube, wenn dieses Phänomen möglich ist, dann werden die

50

Grundlagen unseres Wissens über die Materie und ihre Struktur erschüttert.«

»Wer weiß, ob es nicht schon einmal geschehen ist ... Vielleicht wird dieser Ankömmling all unsere Vorstellungen über den Haufen werfen?« bemerkte der Doktor halblaut.

»Auch wenn es dazu kommt, dann wird er uns dafür etwas anderes, Besseres, Vollkommeneres bieten«, sagte Gedevani.

»Was die Strahlung angeht«, sagte der Mitarbeiter von Lawrence, »glaube ich, daß die Sache einfach ist. Wenn sie von einem Teil der Maschine emittiert wird, dann existiert dort jedenfalls eine Abschirmung, die sie dämpft, auch wenn die Emissionsstärke der Strahlung eines Körpers bei einem Druck von sechzehn Trillionen Atmosphären und einer Temperatur von zehn Millionen Grad gleichkommt ... das heißt, der von Sternen, die eine solche Strahlung aussenden.«

»Wie dick ist eine solche Abschirmung?« fragte der Professor.

»Etwa dreihundert Meter Blei.«

Es ist unbeschreiblich, wie verdutzt alle waren.

»Aber wir sitzen hier doch wie auf einem Vulkan«, rief der Doktor. »Vielleicht sind wir alle unter dem Einfluß dieser Wellen oder Strahlen verrückt geworden – das ist lächerlich!«

»Ich behaupte nicht, daß eine solche Dicke existiert – das ist das Maximum – und die Maschine taugt für solche Druckwerte oder Temperaturen nicht.«

»Und woher wissen Sie das?«

»Weil Sie mich gefragt haben, Ingenieur. Allein der Druck der Strahlenemission eines Körpers mit einer solchen Temperatur legt in einem Umkreis von einigen Kilometern alles lahm ... und bei uns ist alles, Gott sei

51

Dank, in Ordnung.« Er klopfte mit gekrümmtem Finger auf den Tisch.

Professor Widdletton hielt es nicht mehr aus: »Sie sind nicht hierhergekommen, um auf Holz zu klopfen, lieber Mr. Gedevani«, bemerkte er mit falscher Liebenswürdigkeit. »Bitte, was schlagen Sie vor?«

»Ich möchte wissen, was Sie wollen.«

»Aber das ist doch klar, nicht wahr? Ich will ein vom Doktor entworfenes Experiment durchführen.«

»Und worauf beruht dieses Experiment?«

»Haben Sie Ihr Gedächtnis verloren? Wir werden es weiter mit der Marsatmosphäre versuchen . . .«

»Wozu?«

»Damit die Maschine wieder normal arbeitet.«

»Und woher wissen Sie, was Normalität in diesem Zusammenhang bedeutet?«

Seit einigen Minuten fühlte ich, daß mein Blutdruck stieg. Ich bemerkte auch, daß sich alle Gesichter etwas röteten – die Adern auf der Stirn schwollen an.

Plötzlich hörte man eine Erschütterung, im Stockwerk tiefer zerbarst klirrend eine Fensterscheibe. Alle verstummten.

Auf einmal brach die Tür entzwei und ein von Angst besessenes Wesen stürzte mit Schaum vor dem Mund in die Bibliothek.

»Burke, was soll das!« rief der Professor. »Sind Sie betrunken?«

»Professor, Hilfe! Er kommt hierher! Er kommt hierher!« rief der Fahrer, dessen Gesicht sich vor Angst in eine grauschwarze Larve verwandelt hatte.

»Wer? Sind Sie verrückt?«

In diesem Augenblick trat der Ingenieur in den Saal. Sein Gesicht war blutüberströmt, er war ganz mit Staub und Tünche bedeckt.

»Achtung, meine Herren – er ist entkommen!« rief er keuchend.

»Was – wo – wie?« Alle standen auf, nein, sie sprangen vielmehr von den Stühlen.

Ich bemerkte noch, wie Mr. Gedevani ans Fenster trat und etwas rief. Plötzlich übertönte eine stählerne Stimme das Chaos.

»Feiglinge!«

Der Professor rief es. Seine kleine Gestalt war auf einmal gewachsen, seine Augen blitzten, er stand über den Tisch geneigt und stützte sich kräftig darauf.

»Ich bitte um Ruhe – Herr Ingenieur, was war los?«

»Die Maschine verließ die Kammer, ich weiß nicht wie. Ich war unten. An der Tür zeigte das Elektrometer sehr starke Strahlung an, die im Abstand von zwölf Sekunden stieg. Dann ging ich ins Erdgeschoß, um zu messen, wie stark die Strahlung an der Decke der Kammer war. In diesem Augenblick verspürte ich eine Erschütterung, die mich zu Boden schleuderte. Die Apparate zerschellten. Im selben Augenblick war auf dem Hof oder von der Vorderseite her ein furchtbares, ohrenbetäubendes Schreien zu hören. Alle zitterten und gingen zum Fenster. Das Schreien wiederholte sich, es war ein unterdrücktes Röcheln zu hören, das in ein in der ungewöhnlichen Stille vernehmbares Schluchzen überging – und alles verstummte.

»Wir können nicht helfen.« Der Professor warf die Worte schwer und langsam ein. »Wir wissen nicht, was er anstellen kann, wir können nur beraten, wie wir uns verteidigen sollen.«

»Aber wir werden hier umkommen – nein, ich reise ab.« Das war Gedevani.

»Bitte, die Tür ist offen, ich halte niemanden zurück – mein Platz ist hier, auch wenn ich mitten im Wort tot umfallen sollte.« Das Antlitz des Professors wirkte wie versteinert. Bei Gott, ein mächtiger alter Mann!

Gedevani ließ sich auf den Stuhl fallen.

»Wie hat er den Raum verlassen – wohin, und was macht er?« fragte der Professor.

»Ich weiß es nicht, ich habe ihn nicht gesehen, Burke vielleicht«, stammelte der Ingenieur, dessen Kräfte bereits erschöpft waren. Er fiel auf den Stuhl und wischte sich keuchend mit dem Taschentuch das mit Kalkstaub vermischte Blut von Stirn und Haar. Burke, der sich, wie sich herausstellte, zwischen den Bibliotheksregalen versteckt hielt, wurde vom Doktor herausgezerrt, der langsam und phlegmatisch ein Etui aus der Brusttasche holte, nach der Ampulle eines herzstärkenden Mittels suchte und dem zitternden Riesen eine Injektion gab. Danach steckte er die Injektionsspritze in das Etui zurück und wandte sich an den Professor.

»Wenn es so weitergeht, gehen mir bald die Ampullen aus – auf eine solche Epidemie war ich nicht vorbereitet.«

Er bemühte sich, umgänglich zu wirken. Der Professor zuckte mit den Achseln – nur kam es mir vor, als seien diese Geschwätzigkeit und Ablenkung eine Maske, hinter der, wie in einer Nußschale, ein teuflisch harter und starker Kern steckte.

»Burke, reden Sie – was haben Sie gesehen?«

»Herr Professor, wird er noch einmal hierherkommen?« Der Fahrer zitterte noch immer leicht.

»Nein! Mach schon den Mund auf, du Esel.«

»Ich stand neben dem Aufzug. Plötzlich sah ich einen Blitz, eine Art blaues Licht – ich schaue, wo die Tür ist – und hier ist nur Staub, ein Staub, als wäre die Decke eingestürzt, und immer mehr Staub.« Es schüttelte ihn wieder, sein Gesicht wurde noch blasser.

54

»Na und? Was haben Sie gesehen?«

Alle standen gespannt da, blaß, der Professor senkte den Kopf, und seine Augen schienen in einem unsterblichen Feuer erglüht zu sein. Ich dachte in diesem Augenblick, daß selbst ein Marsmensch einem solchen Blick nicht standhalten könnte.

»Ein großer schwarzer Zuckerhut kam ganz langsam daher, vor ihm und hinter ihm sonderbare Schlangen in der Luft – wie Fühler – er ging wackelnd in alle Richtungen und schlug gegen den Wandpfeiler. Ich spürte eine Erschütterung.«

»Aha, das war es also – er hat die Türen nicht herausgerissen«, flüsterte mir Fink zu.

»Ich sehe die Ziegel fallen, meine Füße sind aus Watte und ich stürze in den Aufzug – Gott sei Dank war er noch in Betrieb«, schloß der Fahrer.

»Donnerwetter, ein Zuckerhut, vor dem man flüchten soll«, sagte jemand hinter meinem Rücken. In diesem Augenblick ertönte ein allgemeiner Aufschrei.

Das Licht wurde etwas dunkler, durch das Fenster sah ich dichte Dampfwolken – siedenden Dampf.

»Der See kocht«, rief jemand. Und wirklich brodelte das Wasser im See und spritzte in kleinen Wirbeln umher, die sich vereinigten. Diese Erscheinung dauerte fünf Minuten und endete so schnell, wie sie begonnen hatte.

»Mir scheint, ich verstehe: Die Maschine arbeitet wieder normal – aber nicht ganz, sie ist sozusagen betrunken – daher dieser Schlag gegen die Mauer, daher dieses Schaukeln und dieses ganze Theater.« Der Professor sprach langsam und wischte sich die Stirn ab. »Ha! Scheinbar paßt sie sich unserer Atmosphäre an ... meine Herren.«

Nach diesen Worten wandten sich alle ihm zu.

»Meine Herren, es bleibt uns noch ein letztes Mittel: Wir müssen unsere Werfer einsetzen. Einige in der Nähe explodierende Minen mit einem Gemisch aus Kohlenoxid, Chlor und Azetylen sollten ihre Wirkung nicht verfehlen. Wenn wir die Luftzusammensetzung zum zweiten Mal verändern, wird er in den regungslosen Zustand verfallen, den wir besser ausnützen können.«

Die Idee schien vernünftig.

»Wir müssen uns in den Keller begeben, um Werfer und Leinen zu holen«, sagte jemand.

»Wer hat das gesagt? Bitte . . .«

Alle sahen einander an.

»Na, was ist? Will sich niemand hinunterwagen?«

In den Ohren dröhnte ihnen noch dieser schreckliche Schrei, der Aufschrei eines Menschen, der seinem Tod ins Auge sieht.

»Ich gehe«, sagte ich.

»Danke, Mr. McMoor. Doch Sie finden sich bei uns noch nicht zurecht. Ich gehe allein.« Der Professor erhob sich.

In die Schar der Männer kam auf einmal Leben: »Wir gehen alle!«

Der Professor sah sie an und sagte entschuldigend:

»Das ist nicht notwendig, meine Herren, drei Mann genügen. Der Doktor, der Ingenieur und McMoor sollen gehen.«

Wir verließen den Saal. Auf dem Korridor lag eine leichte Schicht Kalkstaub und hellte den dunklen Weg auf. Er lag still und ruhig da. Wir stiegen in den Aufzug, der uns in den Keller brachte. Dort herrschte Chaos. Einer der Pfeiler, die die Decke trugen, war fast bis zur halben Höhe zerstört, der auseinandergerissene Eisenbeton hatte die Form eines Netzes voller Zementbrokken. Sand und Kalkstaub bedeckten den Boden, über den wir gingen.

»Was für eine teuflische Kraft – aber er ist kaum größer als eineinhalb Meter«, flüsterte der Ingenieur. »Wir haben ihn übrigens gewogen – knappe vierhundert Kilogramm . . .« Im Eilschritt erreichten wir das Ende des Korridors.

Die Luft war unerträglich, ein dumpfer Geruch, den ich auch, wenngleich nicht so intensiv, während der ersten Besichtigung des Ungeheuers wahrgenommen hatte.

In dem mir bekannten Metallraum entnahm der Ingenieur einigen Schränken ovale Gasgranaten, deren Treibsätze mit bunten Ringen markiert waren. Er lud jedem von uns sechs Stück auf und nahm sich selbst drei Raketen und dazu zwei Raketenwerfer, die die Form kleiner Schlitten mit einem Untersatz aus Aluminium hatten, eine sehr leichte und einfache Konstruktion.

Jeder von uns warf sich einige Gasmasken über die Schulter, dann kehrten wir ohne größere Schwierigkeiten zurück.

In der Bibliothek ließ die Spannung sogleich ein wenig nach, als man uns glücklich zurückkehren sah.

»Meine Herren, es geht los!« sagte der Professor und gab jedem eine Gasmaske. »Die Masken müssen Sie bis zu dem Augenblick tragen, da ich einen anderen Befehl erteile. Falls ich . . . wenn ich keinen Befehl erteilen kann, kommt die Reihe an Mr. Frazer und nach ihm an Ingenieur Fink.«

Wir verließen die Bibliothek, die Geschosse aufgeladen. Der Professor führte uns in das nächsthöhere Stockwerk, dann in den vierten Stock. Endlich stiegen wir die schmale Treppe zu der kleinen Kuppel hinauf, die sich auf dem Dach befand. In der Kuppel standen einige Stühle, ein kleines Fernrohr auf einem Stativ und einige meteorologische Apparate.

Die Männer traten an die kleinen Fenster in den Seitenwänden dieses ziemlich dunklen Ortes und begannen sich umzusehen. Ich bekam eine Öffnung von Kopfgröße zugeteilt, die für die Einrichtung des Fernrohrs vorgesehen war, durch das ich die leeren Felder, die uns vom Norden New Yorks trennten, sehen konnte. In einer Entfernung von einigen Kilometern war ein dunklerer Teil des Himmels zu sehen – das waren die Rauchschwaden der Großstadt.

Die Felder waren in diesem Frühjahr mit hohen grünen Halmen bedeckt. Auf den Bäumen leuchtete junges Grün. Aber meine Augen, die ich anstrengte, bis sie schmerzten, beobachteten nicht zum Vergnügen – jeder Punkt, jede dunkle Stelle in dem Gebiet schien mir verdächtig zu sein.

»Da ist es! Da ist es!« rief der Professor. Alle drängten sich zusammen. Ich überprüfte, ob ich von meinem Standort aus in die angegebene Richtung sehen konnte. Aber schon verließ jemand einen Teil des Deckengewölbes, der halbe Horizont zeigte sich, und ich sah deutlich, wie sich in einer Entfernung von etwa dreihundert bis vierhundert Metern eine schwarze Silhouette, die wie eingefettet das Sonnenlicht stark reflektierte, langsam und stetig unter den Halmen des jungen Getreides bewegte und den eigenen Weg mit einer schmalen Linie niedergedrückter Pflanzen markierte.

»Schnell, Werfer.« Der Professor war wieder die Ruhe selbst. Er führte das Okular des Zielfernrohrs an die Augen und half dem Ingenieur, die Geschosse in die Lenkvorrichtung zu laden.

»Im Namen Gottes – Achtung! – Ich bitte beim Ab-

schuß in Deckung zu gehen und seine Reaktion abzu-
warten – Feuer!«

Es ertönte ein ziemlich gedämpftes Donnern, in der
halboffenen Kuppel verbreitete sich ein Geruch nach
verbranntem Kordit, und zwei Rauchfahnen markierten
die parabolische Bahn der Geschosse, die fast gleichzeitig nur wenige Meter vor dem Ziel explodierten. Im
Augenblick der Explosion bemerkte ich, daß die Silhouette verharrte, und wie sich die Schlangen, die sie
wie unbewegliche Fühler vor sich trug, in die Höhe und
nach den Seiten ausstreckten.

»Feuer!« Die zweite Salve lag besser, aber der schwache Druck der Granaten konnte die Maschine nicht einmal umwerfen. Ich bildete mir ein zu hören, wie die
Splitter gegen sie prallten, doch das war bei dieser Entfernung wohl eine Illusion.

»Feuer!« Diesmal waren die Geschosse anscheinend
mit Chlor gefüllt, denn nach der Explosion stiegen
dunkle Gaswolken auf. Als der Wind sie davongetragen
hatte, sah ich, daß der kleine schwarze Kegel lustig hin
und her schwankte.

Plötzlich schoß ein langer dünner Feuerstrahl durch
das Getreide, als hätte jemand brennendes Benzin auf
die Erde gegossen; das Grünzeug trocknete aus, wurde
schwarz und stand im Nu in Flammen. Das Feuer breitete sich mit enormer Geschwindigkeit in unsere Richtung aus, hatte das Gebäude fast schon erreicht.

»Feuer!« Ein neuer Donner erschütterte die Luft. Ich
verspürte eine Welle heißer Luft und fiel mit angehaltenem Atem zu Boden.

Als ich wieder auf die Beine kam und zur Kuppelöff-
nung sprang, war alles vorbei. Das Grünzeug qualmte
noch, aber der kleine schwarze Kegel lag auf der Seite,
seine Fühler waren wirr nach allen Seiten ausgestreckt.

»Wir haben ihn!«

Ich wandte mich um. Professor Widdletton trat von dem noch rauchenden Werfer zurück, riß sich die Gasmaske herunter und holte eine Zigarre aus der Weste.

»Meine Herren! Bitte nach unten, der zweite Teil unserer Aufgabe beginnt.«

3. Kapitel

Als der schwarzglänzende Kegel endlich regungslos im blendenden Schein der Bogenlampen ruhte, wischte sich Ingenieur Fink den Schweiß mit der rechten Handfläche von der Stirn, rückte die schiefe Krawatte zurecht, betrachtete die roten, verschwitzten Gesichter der umherstehenden Männer und sagte:

»Jetzt haben wir ihn – wir müssen uns überlegen, was weiter zu tun ist.«

Professor Widdletton, der als einziger keine Asbest-Blei-Jacke trug und sich deswegen hinter einer schnell aus Bleiplatten aufgestellten Wand befand, trat näher, sah auf seine goldene Zwiebel und sagte:

»Meine Herren – seit zwölf Minuten schon sind wir der Strahleneinwirkung ausgesetzt! Bitte folgen Sie mir.«

Wir gingen hinaus und warfen nicht gerade ruhige Blicke auf diesen großen schwarzen Kloß. Als letzter sah ich noch einmal hin. Dieses sonderbare Geschöpf lag auf Holzböcken, die Tentakel, drei an der Zahl, die sich an den Seiten ausstreckten, ruhten in wirrem Durcheinander auf dem Boden. In sehr langen Zeitabständen drang das bekannte metallische Surren aus dem Inneren, unterbrochen von einem leisen Zischen oder eher einem Schieben der Metallflächen. Das Licht spielte auf der schwarzglänzenden Hülle, wurde an manchen Punkten der Oberfläche stärker reflektiert; dort gab es gewölbte glasige Einsätze, wie blinde Augen. Ein Schauer lief mir über den Rücken, und erleichtert schloß ich die Tür. Wir gingen paarweise durch den Korridor, der zum Aufzug führte.

»Was meinen Sie, Doktor, können sich die Strahlendosen summieren? Das heißt, wenn wir jetzt einige Minuten aussetzen oder eine halbe Stunde oder eine Stunde – wird die neue Strahlendosis, was die schädliche Wirkung angeht, sich zur ursprünglichen addieren?«

Der Doktor breitete die Hände aus.

»Ich weiß es nicht, lieber Professor, ich weiß gar nichts. Wenn eine Analogie zum Radium gegeben ist, dann müßte man längere Pausen einlegen – mindestens einige Tage.«

»Oh, schlimm«, murmelte der Professor. »Hier muß man handeln, und zwar sofort.«

Nach einigen Minuten saßen wir in den bequemen Sesseln der Bibliothek. Erleichtert zog ich an einer Zigarette. Meine Muskeln zitterten noch immer von der Anstrengung: Wir hatten das unschädlich gemachte Ungeheuer allein in die Forschungskammer schleppen müssen, bevor es zu einer Remission gekommen war.

Der Professor zündete seine erloschene Zigarre an.

»Meine Herren, die Situation ist klar: Entweder wir lassen die Finger von unserem netten Gast und machen uns aus dem Staub – je weiter, desto besser – oder wir fangen zu handeln an, sofort, in diesem Augenblick. Eine dritte Möglichkeit sehe ich nicht – wenn wir nicht wollen, daß er uns hier unter den Fingern zergeht und wir uns in Atomstaub verwandeln.«

»Herr Professor, erlauben Sie«, begann Frazer. Sein Gesicht glänzte in der untergehenden Sonne. »Die einzige Möglichkeit, die ich sehe, ist die Zerlegung der Maschine in sichere Teile, oder das Abschalten des Behälters, d. h., des regulierenden lebenden Zentrums. Dieses Zentrum besitzt bekanntlich im Fenster einige kleine Öffnungen, die wahrscheinlich zum Atmen dienen – wenn dem nicht so wäre, hätten wir es nicht so schnell vergiften können. Ich wiederhole also, man muß die Maschine irgendwie abschalten . . .«

»Dieser Versuch kommt einem Todesurteil gleich«, bemerkte der Professor still. »Wenn ich gefragt hätte, wer von den Herren versuchen würde, diese Operation unter der Leitung und nach den Anweisungen unserer beiden Ingenieure durchzuführen – wer hätte sich gemeldet?«

Ohne einander anzuschauen, standen alle Männer auf. Ich weiß selbst nicht, wie ich es fertigbrachte aufzustehen, doch in diesem Augenblick sah ich die auf uns gerichteten schwarzen, jetzt warm leuchtenden Augen des Professors.

»Ich danke Ihnen, meine Herren. Ich war mir dessen sicher. Doch ich werde Leben nicht vergebens aufs Spiel setzen. Herr Ingenieur, haben Sie einen Plan?«

Fink zeichnete fieberhaft etwas in seinen Notizblock. Er warf irgendwelche Formeln aufs Papier, bis er sich aufrichtete:

»Meine Herren, da ist es! Man muß Filmaufnahmen machen.«

»Aber das taugt nichts, habe ich schon gesagt, diese Strahlen werden gewiß den Film verbrennen.«

»Auch wenn es so sein sollte: Das macht nichts.« Fink schien von meinem Einwand gar nicht angetan zu sein. »Wir werden eine Reihe von Filmen belichten, indem wir sie an verschiedenen Stellen der Maschine ansetzen. Auf diese Weise werden wir erstens die strahlende

Stelle finden und zweitens vielleicht eine zumindest blasse Ahnung von der inneren Struktur der Maschine bekommen.«

»Und wie?« fragte der Doktor.

»Ganz einfach: Die verschiedenen Teile des Apparates absorbieren die in seinem Inneren produzierten Strahlen in unterschiedlichem Ausmaß und ergeben auf dem Film, der an den Kegel angelegt wird, Schatten, die Röntgenschatten ähneln, und anhand derer wir möglicherweise die Umrisse des inneren Baues erkennen.«

Der Professor nickte.

»Herr Ingenieur, tun Sie das – sofort«, fügte er hinzu. »Jemand soll mit Ihnen gehen und durch die Spalte in der Panzertür kontrollieren, daß Ihnen nichts zustößt. Eine solche Kontrolle wird in Zukunft notwendig und obligatorisch sein ... Wir hingegen fahren fort.«

Da es schien, als wollte niemand die interessante Sitzung verlassen, meldete ich mich und folgte dem Ingenieur. Auf dem Weg zu der Kammer nahm er ein dickes Paket Filmrollen mit, das er mit mächtigen Bleiplatten verpackte. Sie wogen so viel, daß wir sie nur mit Mühe zum Bestimmungsort tragen konnten. Hier ließ mich der Ingenieur durch das Filter aus Bleiglas schauen, das in die Panzerplatte der Tür eingebaut war. Er selbst nahm einige Platten in die Hand und betrat die Kammer. Nachdem er die Bleihülle abgenommen hatte, belichtete er zuerst die eine, dann eine weitere Aufnahme und machte so weiter, indem er die Filme an immer anderen Stellen des schwarzen Kegels anlegte und systemisch in einer Spirallinie vorging. All das vollzog sich in absoluter Stille, die nur vom fernen leisen Ticken aus dem Inneren der Maschine unterbrochen wurde.

Als der Ingenieur herauskam, bemerkte ich, daß sein Gesicht gerötet war. Wie mir schien, war das das erste

Symptom einer schädlichen Strahleneinwirkung. Ich verlor jedoch kein Wort darüber, weil ich ihn nicht beunruhigen wollte, und folgte ihm ins Labor.

Der Ingenieur ging mit mir in die Dunkelkammer. Die Reagenzien glucksten, und ein kleines rubinrotes Licht glühte. In den Mixern wirbelten Flüssigkeiten, aus dem Wasserhahn rann ein Strahl. Ich setzte mich auf einen Schemel. Eine gewaltige Müdigkeit überkam mich, und es schien mir, als hätte ich seit Monaten nicht mehr geschlafen. Als sich der Ingenieur aber über die Filme beugte, vergaß ich sofort Müdigkeit und Schlafmangel. Der Film zeigte im Licht eine kleine schwarze Stelle, etwas unklare parallele Streifen, in der Mitte selbst war er völlig verbrannt. Der zweite Film zeigte ein ähnliches Bild. Alle anderen, die ich nicht in die Hand nahm, waren verbrannt.

»Alles umsonst, zum Teufel«, fluchte der Ingenieur. »Man muß es noch einmal versuchen. Wir werden lediglich die Belichtungszeit um die Hälfte verkürzen.«

»Sie gehen nicht mehr, Ingenieur«, sagte ich, »jetzt bin ich an der Reihe. Sie haben genug – als Sie aus der Kammer kamen, war Ihr Gesicht gerötet, und Sie wissen, was das bedeutet.«

Der Ingenieur protestierte, aber ich bestand darauf. Wir machten uns wieder auf, Platten zu holen, und ich betrat die Kammer mit dem neuen Vorrat. Ich gebe zu, daß ich mich im ersten Augenblick unwohl fühlte. Zum ersten Mal war ich mit unserem geheimnisvollen, todbringenden Gast allein – und sein Ticken, das manchmal einem schwachen menschlichen Röcheln ähnelte – oder war das nur ein Spiel meiner Phantasie – wirkte auch nicht gerade beruhigend.

Ich legte schnell die Filme an, schaute auf die Stoppuhr und lief mit den belichteten Filmen aus der Kammer. Draußen nahm sie mir der Ingenieur ab. Als der letzte Film belichtet war, gingen wir in die Dunkelkammer.

Und wieder diese sich dahinziehenden Minuten der Spannung. Die Platten glucksten in den breiten Schüsseln, Schatten waren zu sehen, verstärkten sich, wurden heller ... Zwei Filme waren verbrannt. Der Ingenieur überprüfte ihre Nummern, verglich sie mit dem Plan der Maschine und sagte:

»Das radioaktive Zentrum liegt zwischen den beiden unteren glasigen Öffnungen. Dort sind diese beiden Platten verbrannt worden.«

»Und die übrigen?« fragte ich und versuchte, ihm über den Arm zu schauen.

»Noch einen Augenblick – ich füge ein Fixiermittel hinzu.« Die Stoppuhr tickte in der Dunkelheit, man hörte ein beschleunigtes Atmen. Endlich holte der Ingenieur die Platten aus dem Bad, und wir traten auf den Gang hinaus.

»Nun die ersten: ein Geflecht von hellen und dunklen Streifen, irgendwelche Linien – und das – ist das nicht ein ovaler schwacher Schatten?«

»Ja, aber das ist. Das ist ...«

»Ja, das ist die Zentralbirne. Sie haben recht. Dieser Schatten weist darauf hin, daß sie für die Strahlen undurchdringlich ist. Das erklärt eines: daß die Wirkung der Emission für das in der Birne befindliche Plasma nur deswegen unschädlich ist, weil sie aus einem rätselhaften Stoff besteht, der diese Wellen nicht durchläßt.«

Der zweite und dritte Film: weitere Einzelheiten in Form überlagerter Schatten, sich kreuzende dunkle und hellere Schatten ...

»Diese schärferen«, erklärte mir der Ingenieur,

»stammen von Kabeln oder Röhren, die knapp unter der Oberfläche liegen, wo Sie den Film angelegt haben, und diese verschwommenen von entfernten Teilen.«

»Erkennen Sie etwas, finden Sie sich zurecht?« fragte ich leise.

Der Ingenieur lächelte.

»Sie haben eine allzu gute Meinung von meinem Wissen ... vorläufig weiß ich soviel wie Sie. Wir müssen einige Skizzen anfertigen.«

Wir begaben uns ins Labor, wo Fink einen Bleistift zur Hand nahm und auf einem großen, auf einem Reißbrett aufgespannten Bogen Geraden und Kurven zu zeichnen begann. Er drehte die Filme in die verschiedensten Richtungen, bis endlich auf dem weißen Papier ein Konturengeflecht entstand, das in seiner Gesamtheit den kegelähnlichen Drehkloß darstellte.

»Der Bewegungsmechanismus ist fast völlig klar ...«, murmelte der Ingenieur. »Aber was nützt uns das ... wie soll man diesen teuflischen Kern aus der Kruste herausholen ... Nun zur Nuß.«

»Ist für Sie wenigstens ein Konstruktionsprinzip ersichtlich?« fragte ich.

»Ich sehe, daß die Sache verdammt verworren ist. Dort sind Teile, die zweifellos etwas mit Transformatoren gemein haben – gleichsam Kabel, aber was ist hier die Energiequelle? Ich habe keine Ahnung. Ich sehe keine sich drehenden Teile.«

»Es scheint mir, als käme das Geknatter eher aus dem Oberteil des Kegels – aber vielleicht irre ich mich.«

»Nein, das ist mir auch in den Sinn gekommen. Dort ist ein bewegliches Teil – das wird es sein«, entschied er und zeigte auf den verschwommenen Schatten eines dreieckförmigen Dinges mit verschiedenen Seiten, der so aussah ... wie ...

»Aber ja, Herr Ingenieur«, rief ich, »das sieht doch so aus wie ein Kreisel, ein Kinderkreisel . . .«

»Meinen Sie?« Der Ingenieur verzog die Augenbrauen. »Ein Gyroskopprinzip. Also sein Herz wäre ein Gyroskop. Ich glaube, Sie haben recht«, sagte er nach einer Weile und warf ein paar Linien auf die Zeichnung. In der Mitte des Kloßes war jetzt ein Kreisel zu sehen, der zwei aufeinandergestellten Kegeln ähnelte. Er lag mitten zwischen zwei Zentralschatten – eines rohrförmigen Gebildes, das in der Mitte der Maschine verlief, sich teilte, wo der Kreisel anstieß, und oben in einer Rosette endete, auf der die geheimnisvolle Birne angeordnet war.

»Gehen wir«, sagte der Ingenieur, entfernte einige Reißnägel von dem Brett, die das Papier hielten, wikkelte dieses zu einer Rolle zusammen und nahm sie unter den Arm.

Gespannte Erwartung empfing uns. Der Ingenieur breitete das Papier vor dem Professor aus und erklärte es kurz.

»Das Wirkungsprinzip ist mir völlig unverständlich«, sagte er. »Ich sehe nur einen einzigen Weg: Man muß die Strahlung stoppen – das ist eine Conditio sine qua non.«

Widdlleton sah ihn mit einem Augenzwinkern an und hörte schweigend zu. »Da dieses Gyroskop der einzige, sozusagen der zentrale mechanische Teil ist, was nicht hundertprozentig sicher ist, und was eigentlich McMoor herausgefunden hat« – alle sahen mich verwundert an –, »müssen wir es aufhalten. Dieser verschwommene Schatten weist darauf hin, daß es der einzige bewegliche Teil ist. Ich weiß nicht, vielleicht ist es eine ungeschickte Analogie zum menschlichen Herzen, aber mir scheint, daß man es unschädlich machen soll. Vielleicht kann man sich dann mit seiner Demontage befassen . . .«

»Und wie wollen Sie das bewerkstelligen?« fragte der Professor.

»Ich sehe einen einzigen Weg: Wie die tragische Erfahrung von Professor Hawley bewiesen hat, kann man die zentrale Birne mit dem Plasma nicht herauslösen. Er hat den Versuch der Entnahme mit dem Tod bezahlt. Deshalb muß man die Panzerung des Kegels durchdringen und mit einem Instrument die Bewegung des Gyroskops aufhalten.«

Es herrschte Schweigen, bis der Doktor sagte:

»Nehmen wir an, daß das Bohren dieser Öffnung in völliger Stille und Ruhe stattfinden wird. Ich nehme jedoch an, daß ein solches Organ, wie das sogenannte Herz der Eindringlinge, geschützt ist. Dieser Versuch wird böse enden!«

»Davon bin ich auch überzeugt«, sagte der Ingenieur, »doch ich sehe keinen anderen Weg.« Damit setzte er sich. Widdletton betrachtete sorgfältig die Zeichnung, verglich sie mit den Photos und sah dann auf die Uhr.

»Meine Herren«, sagte er, »hier geht es nicht um Weisheit oder Dummheit. In diesem Fall bin ich nicht mehr euer Anführer. Wir werden abstimmen, ob wir den Vorschlag von Ingenieur Fink annehmen wollen. Bitte überlegen Sie es sich gut. Vielleicht gibt es auch einen anderen Vorschlag?«

»Ich habe einen Vorschlag«, sagte ich. »Man muß so vorgehen: mit der automatischen Bohrmaschine, ferngesteuert, ein Loch bohren. Alles durch die in der Kammer angebrachte Fernsehkamera beobachten und dementsprechend handeln.«

»Und was heißt ›dementsprechend‹?« fragte Frazer.

»Vielleicht gelingt es uns, ein Gerät zusammenzubauen, das ferngesteuert die Maschine zerlegt ... eine Art Roboter ...«

»Der Gedanke ist ausgezeichnet«, sagte der Ingenieur, »aber leider fehlt uns die Zeit. Solche Apparate sind rar und die Lieferung, auch wenn sie auf dem Luftweg erfolgt, dauert mindestens drei Tage.«

»Soviel Zeit gebe ich Ihnen nicht« sagte der Professor. »Bis zwölf oder bis halb eins müssen wir etwas erreicht haben.«

»In diesem Zeitraum ist es ausgeschlossen«, sagte Fink, »aber es gibt eine andere Möglichkeit – den Kegel in die Luft zu jagen, zum Beispiel mit Ekrasit.«

»Was, zerstören? Nein, niemals«, riefen alle übereinstimmend.

»Meine Herren, ich bin stolz auf Sie!« Professor Widdletton stand auf. »Ich frage Sie noch einmal, sollen wir nach den Vorschlägen von Ingenieur Fink verfahren?«

»Ja.«

»Also dann bitte an die Arbeit.« Der Professor schaute Fink an. »Welche optimalen Schutzbestimmungen schreiben Sie vor?«

Fink überlegte. »Schutzanzüge müssen alle tragen, auch auf dem Korridor. In der Nähe der Kammer wird immer nur einer sein – die Gasgranaten müssen bereit liegen – und Gasmasken für uns. Die erste Etappe, das ist das Bohren. Ich denke, das läßt sich so machen, wie McMoor vorgeschlagen hat. Daran habe ich auch schon gedacht. Das Weitere wird sich finden.«

Der Korridor war leer. Ich war an der Reihe. Ich stand an der Stahltür, hielt den Hörer des provisorisch gelegten Telephons sprechbereit und spähte angestrengt ins Innere der Kammer. Ich war schon der zweite – nach dem Doktor – und beobachtete, wie in dem weißblauen

elektrischen Licht die Bohrmaschine leise pfiff und
zischte, die auf einem eisernen Untersatz an der geheimnisvollen, auf Böcken ruhenden Maschine angebracht war.

Der breite Bohrer aus Vanadiumkarbid-Stahl fraß
sich in die harte Kegelhülle hinein. Die vibrierenden
Windungen des Lichtfadens zitterten. Mit einer Hand
hielt ich den Hörer umfaßt, in der anderen hielt ich den
elektrischen Schalter der Bohrmaschine, der vor der
Tür der Kammer am Kabel angebracht war, und wartete. Vorläufig passierte noch nichts, das Eindringen des
Bohrers war überhaupt nicht zu erkennen, aber da ich
wußte, welche Überraschungen uns dieses mechanische
Ungeheuer schon bereitet hatte, war ich bis zum Äußersten angespannt.

»Na, was gibt es?« ertönte die Stimme des Professors
aus dem Hörer.

»Alles beim alten«, antwortete ich. »Vielleicht sollte
man den Bohrer auswechseln?«

Ich hörte, wie der Professor etwas zu jemandem
sagte, wohl zum Ingenieur, als ich erstarrte. Eine vielleicht zwei Meter lange schwarze Schlange, die auf dem
Boden lag, zuckte, dann bewegte sich eine zweite, eine
schwache Krampfwelle lief zitternd durch die Stahlwin-
dungen und glitt darauf in der entgegengesetzten Richtung zurück.

»Professor!« sagte – nein, schrie ich in den Hörer. »Er
bewegt sich, zuckt mit den Fühlern. Soll ich den Bohrer
ausschalten?«

»Nein, fahren Sie fort, um Gottes willen«, war eine
schwache, ferne Stimme zu vernehmen. Ich wartete also
weiter. Ich bin kein Feigling, bin nie einer gewesen,
aber ich spürte, daß ich schweißüberströmt war. Ich
wartete. Ich wartete und wartete und wußte, daß etwas

vor sich ging. Und daß diese Gefahr so geheimnisvoll und so unsichtbar war, war schlimmer, weit schlimmer als die Angst vor dem Tod.

Ein Schlangenrohr bäumte sich von der Erde aus auf, zischte wie eine Stahlpeitsche aus der Hölle durch die Luft und klatschte gegen den Bohrer. Man hörte das Krachen von zersplitterndem Stahl – die Splitter sausten durch die Luft. Ich betätigte den Schalter mit der Hand – der Bohrer stand still.

»Herr Professor! Er hat den Bohrer mit seiner verdammten Hand zerschlagen«, rief ich in den Hörer.

»Ich komme gleich.«

Ich wartete wieder. Inzwischen hatte sich das Ungeheuer beruhigt, und ich bemerkte keine Anzeichen von Bewegung mehr. Oder auch von Leben.

Der Professor kam fast geräuschlos, begleitet vom Ingenieur, der einen neuen Bohrer in der Hand trug. Ich trat beiseite, und sie spähten durch das Guckloch.

»Er ließ das Schlangenrohr herumschnellen, was?« Der Professor nickte. »Das ist ein stures Vieh, was?«

»Ich glaube, wir sollten ihm eine Portion verabreichen – oder versuchen, ein neues Mittel zu finden: Chloroform oder Steuerung, nicht wahr?«

»Wohl, um ihn ganz zu vergiften, was?« sagte der Professor mit solcher Entrüstung, als stünden wir am Krankenbett eines teuren Angehörigen.

Fink nickte. »Der Professor hat recht. Der Verlust eines jeden von uns ist zu ersetzen, wenn wir ihn jedoch töten oder zerstören, so läßt sich das nicht mehr wiedergutmachen.« Nach diesen Worten schob er den Riegel zurück und ging hinein.

Wir warteten mit angehaltenem Atem. Der Ingenieur stieß mit dem Fuß die Trümmer des Bohrers beiseite, schraubte den neuen in den Kopf der Bohrmaschine und ging hinaus. Er wirkte sehr gefaßt, aber im Gang wischte er sich die Stirn mit dem Taschentuch ab.

»Weiter, McMoor – schalten Sie den Strom ein!«

Ich drückte den Knopf. Die Bohrmaschine heulte und begann zu arbeiten. Lange Zeit verging in gespannter Erwartung.

»Es ist alles fast gut«, sagte der Professor. »Kommen Sie, Herr Ingenieur – und Sie harren noch zehn Minuten aus. Gedevani wird Sie gleich ablösen.«

Sie gingen. Ich fühlte mich furchtbar allein. Ich schaute angestrengt und schaute: Was war hier los?

Wieder liefen die krampfartigen Zuckungen über die vorher regungslosen Fühler. Rasselnd wälzten sich die federnden, ovalen Schlangen auf dem Betonboden.

Plötzlich richteten sich die Fühler langsam auf, in einer zitternden Bewegung, und hingen in der Luft – nur ihre Enden schwankten in verschiedene Richtungen. Ich sah, wie der Schaft des Bohrers zitterte, der Bohrer sank leicht ein – aha! das Ende – es ist schon ein Loch vorhanden, dachte ich und drückte unwillkürlich den Schalter, aber es war nicht notwendig. Ich sah einen blauen Schimmer. Dann schleuderte mich ein Schwall heißer Luft in die entgegengesetzte Richtung. Ich verspürte einen gräßlichen Schmerz im Kopf und verlor das Bewußtsein.

Als ich erwachte, war es schon Morgen. Ich lag in meinem Zimmer, und der Doktor saß auf meinem Bett und legte Patiencen auf der Bettdecke.

»Aha! Sie weilen wieder unter den Lebenden. Na, wie geht es Ihnen?« sagte er und sammelte die Karten ein.

Ich öffnete mit Mühe den trockenen Mund: »Nun, Doktor? Was ist? Ist er wieder davongelaufen?«

»Ach – Sie interessiert nicht einmal ein Loch im eige-

72

nen Kopf, sondern nur das Schicksal der Lieblingspuppe vom Mars? Was?! Nein, er ist nicht davongelaufen. Das war sein vorläufig letzter Scherz. Der Bohrer fiel auf diesen gewitzten Mechanismus, auf dieses herzähnliche Ding – und im Sterben hat er allerlei angestellt. Ich sage Ihnen, da war was los! Sie haben das wohl nicht gesehen, wie denn auch?« Der Doktor schüttelte den Kopf. »Als wir ankamen, sahen wir dort einen Korridor voller Staub. Kalkstaub auf dem Gehweg. Oho, denke ich mir, unser Reporter hat das Zeitliche gesegnet. Die Tür zur Kammer schon fast ausgerissen, sie hängt an einem Riegel, die Schutzanzüge sind zerbrochen, der Herr Marsianer liegt auf dem Boden und die Bohrmaschine – nicht zu glauben! Zu Schrott zusammengeschmolzen. Der Ingenieur sagt, daß dort sechs- bis siebentausend Grad Wärme geherrscht haben – wie war es in diesem Bad?«

»Ich erinnere mich nur an einen Blitz und einen furchtbaren Schlag auf den Kopf, aha, und vorher die Stoßwelle der entsetzlichen Hitze – das war wohl die Luft.«

»Die Tür hat Sie gerettet und der Umstand, daß Sie sich im Fallen ganz in einen Asbestschal gewickelt haben. Sie sollten sich bei Fink bedanken – dieser Belag aus Asbest war seine Idee gewesen. Die Stoßwelle hüllte Sie wie eine Packung in Asbest, und wenn Sie sich nicht leicht den Kopf angestoßen hätten . . .«

Ich nahm die zerquetschte Hand von der Decke und berührte den Kopf. Es tat ein wenig weh, er war aber ganz – nur eine schmale Bandage auf der Stirn.

»Da war ein Loch in der Mauer, nun . . .« Der Doktor hörte auf zu erzählen. »Aber ihr Schotten, oh, ihr Schotten, ihr habt harte Schädel – und ein Begräbnis kostet auch einiges – was? Hahaha!« Er lachte. »Sie beschlossen also, weiterzuleben.«

»Doktor, reden Sie doch um Gottes willen, was ist los? Was ist weiter geschehen?«

»Aha, jetzt sind Sie neugierig, was? Und vorgestern, als Sie vor uns flüchten wollten? Na, ich rede schon, ich rede«, fügte er hinzu, weil ich offenbar eine irritierte Miene machte.

»Er wird langsam demontiert, denn wie ich schon sagte, dieses eiserne Herz ist unter Einwirkung des Stahlbohrers stehengeblieben. Der Behälter mit dem Plasma wartet wohl im Labor auf mich« – er schaute auf die Uhr –, »denn Sie müssen wissen, daß ich nur aus Spaß Arzt bin, in Wirklichkeit bin ich Biologe. Biologe aus Überzeugung«, erklärte er und wollte gehen.

»Ich gehe mit Ihnen!«

»Sie sind wohl wahnsinnig geworden – Sie sollten lieber liegenbleiben – ausgeschlossen.«

Ich verließ das Bett. Mir war ein bißchen weich in den Knien, und mein Kopf rauschte ein wenig, sonst aber fühlte ich mich nicht so schlecht.

Ich zog mich schnell an, faßte die Hand des Doktors, und wir traten auf den Korridor hinaus. Ein Blick auf die Uhr zeigte mir, daß es zehn war.

»Aha, gleich findet die Besprechung statt. Ich gehe in die Bibliothek.«

Der Doktor nickte und wandte sich zur Treppe, die zum Labor führte. Ich fuhr mit dem Aufzug in den ersten Stock, wo ich begeistert empfangen wurde.

»Oho! Der Held des Tages – wie fühlen Sie sich?«

Ich drückte allen die Hand, der Professor nickte lächelnd.

Ich bemerkte auch Ingenieur Lindsay, der beim Fenster saß. Er war etwas blaß, sonst aber zeigte er keine Anzeichen von Schwäche.

»Ich begrüße meinen Leidensgenossen«, sagte er.

Ingenieur Fink war nicht da.

»Wie geht es unserem Gast?« fragte ich.

»Interessante Dinge, lieber Herr, sehr interessante Dinge. Vor allem: alles ist gut. Das Plasma ist in Ordnung, wie es scheint, weil in der Birne die Pulsation normal vor sich geht.«

»Und was ist mit der Strahlung?«

»Die hat aufgehört. Gleich nach der Explosion hat sie aufgehört. Er ist jetzt so ungefährlich wie eine alte Konservenbüchse.«

Der Professor kicherte: »Unser Plan ist jetzt einfach: alles zu demontieren, was der Radioaktivität dient und allerlei Zerstörung bringt – wissen Sie, diese Feuerstrahlen, das siedende Wasser im See und dieser ganze Hokuspokus – dann versuchen wir ihn zusammenzusetzen und mit ihm zu sprechen.«

»Wieso sprechen?« fragte ich erstaunt.

»Na ja, irgendwie wird er uns doch verstehen? Wir werden ihn dann in eine Marsatmosphäre stecken, denn ich denke mir, daß dieser Schlamassel, den er angerichtet hat, allein unter dem Einfluß der giftigen Wirkung unserer Luft und vielleicht der stärkeren Gravitation geschah.«

In diesem Augenblick kam der Ingenieur.

»Meine Herren, ah, Mr. McMoor ist wieder wohlauf – wie ich mich freue. Meine Herren, wir haben eine schwere Nuß zu knacken. Herr Kollege«, wandte er sich an Lindsay, »die Sache verhält sich folgendermaßen. So wie ich es sehe, läuft die Maschine mit Hilfe der Atomenergie, die sie aus einem winzigen Klümpchen Uran gewinnt, das im unteren Kegelteil enthalten ist. Die Energie wird in Form des elektrischen Stroms zur Fortbewegung verwendet, und die speziellen Apparaturen erlauben es, sie als Wärmewirkung oder magnetisches

Feld über eine gewisse Entfernung zu projizieren. Diese Apparaturen lassen sich abbauen, glaube ich, doch allein die Radioaktivität ist die Bedingung für das Leben der Maschine. Wenn ich sie ausschalte, schalte ich damit alles aus. Andererseits wird sie schwächer sein, denn wir werden alle speziellen Einrichtungen zu ihrer Verstärkung, Leitung und Projektion beseitigen.«

Der Professor unterbrach ihn.

»Ließe sich das nicht doch in Bewegung setzen – ohne Zentralbirne? Ich glaube, wir sollten dieses Stahlherz in Bewegung setzen.«

»Ich werde es versuchen – ich weiß nicht. Ich kenne keine Konstruktionseinzelheiten – es ist eine teuflisch komplizierte Maschine, nebenbei gesagt auf eine erstaunliche Art gebaut – eine einfach unmenschliche Art und Weise.«

»Na ja«, lächelte der Professor, »und wie sieht diese unmenschliche Art und Weise aus?«

»Lachen Sie nicht! Grundsätzlich sind die Teile austauschbar, aber man kommt nicht an sie heran. Ich habe hier den schönsten Werkzeugset, den sich ein Techniker erträumen kann, und er versagt nie. Statt Schrauben gibt es hier äußerst spaßige Verbindungen.« Er holte zwei Metallteile aus der Tasche.

Es waren zwei Bolzen, aus einem Material wie Stahl. Der Ingenieur berührte sie an den flachen Enden und drehte diese um hundertachtzig Grad.

»Versuchen Sie sie jetzt zu trennen.«

Das Gesicht des alten Mannes wurde rot vor Anstrengung:

»Was sind das für Hexereien?«

Der Ingenieur drehte die Bolzen in der langen Achse und trennte sie ohne jede Anstrengung.

»Es ist eine Art Anziehungskraft: in dieser Position«

– er führte es vor – »wirken keine Kräfte. Wenn man sie so dreht – kann man sie nicht auseinanderreißen.«

»Man kann es nicht mit den Fingern«, bemerkte Frazer, »aber in einem Schraubstock.«

»Ich habe das an einem anderen Paar versucht«, bemerkte der Ingenieur. »Und wissen Sie was? Nun, in einer Maschine zur Bestimmung der Reißfestigkeit wurden sie einer Zugkraft von 50000 kg unterworfen und rissen, aber nicht am Berührungspunkt, sondern am Kopf. Das homogene Material riß, und die Berührungsstelle hielt stand!« Er warf die Trümmer auf den Tisch. »Das ist eine Erfindung! Keine Schrauben und Muttern sind notwendig – eine Bewegung, und es hält wie zusammengeschweißt.«

»Was meinen Sie, was ist das für ein Mechanismus?« fragte Gedevani.

»Das ist eher Ihr Gebiet . . . ich denke, daß es wie ein Magnet – zwei Magneten – in dieser Lage ziehen sie sich an, aber wo . . .« Er fuhr mit der Hand durch die Luft. »In dieser teuflischen Maschine stecken Tausende solcher Kleinigkeiten – man weiß nicht, wo man anfangen soll. Wo ist der Doktor?«

»Er sagte mir, er gehe ins Laboratorium«, sagte ich.

»Ach so, das ist die Zentralbirne . . . das ist das eigentliche Rätsel, denn diese mechanischen Teile, die kann man letztlich verstehen . . .«

»Meine Herren«, sagte der Professor, »wir teilen uns nun in Gruppen auf. Die Herren Ingenieure und der Doktor werden versuchen, die Konstruktionselemente und den Zweck der Maschine herauszufinden, und wir« – er wandte sich an Frazer, Gedevani und mich – »wir überlegen uns Methoden der Verständigung mit unserem Gast – sofern er sich nach der Unschädlichmachung wieder beleben läßt.«

Als wir es uns in den Sesseln bequem gemacht hatten, schaute der Professor uns drei an und sagte: »Meine Herren, es sieht so aus, als hätten wir unseren Ankömmling vom Mars in Bande geschlagen. Mag sein, daß Sie sich derartigen Illusionen hingeben. Ich bin jedoch der Meinung, daß der Teil der Aufgabe, der uns zugefallen ist, schwieriger sein wird als der erste, wenn auch vielleicht weniger gefährlich. Es geht darum, daß es immer leichter ist zu zerstören als aufzubauen. Das ist das eine. Das andere ist die Frage einer gemeinsamen Sprache. Was halten Sie davon?« Bei diesen Worten wandte er sich an mich.

»Es schmeichelt mir, Herr Professor, daß Sie sich zuerst an mich wenden.«

»Nur keine Phrasen, mein Herr. Gerade der Umstand, daß Sie unvoreingenommen und vielleicht nicht derart mit dem Ballast des Wissens beladen sind wie wir, macht Ihnen mit Sicherheit vieles leichter. Ich habe Sie in verschiedenen Situationen beobachtet, und mir ist aufgefallen, daß Sie, außer der Frische des Urteils, die Sie auszeichnet, auch sehr, sehr originelle Gedanken haben.« – Ich verbeugte mich. »Ich glaube, meine Herren, daß man von einer geometrischen Sprache – konzentrischen Kreisen – ausgehen müßte – eine einfache Gleichung, wie die des Pythagoras – das nur als Anfang.«

»So was habe ich mir auch schon gedacht«, sagte Frazer, »aber das ist erst der Anfang. Was weiter?«

»Das hängt von seiner Reaktion ab. Erstens, auf welche Art kann man ihm Informationen über uns zukommen lassen? Sieht er überhaupt in unserem Verständnis des Wortes? Welche Teile des Lichtspektrums sind für ihn sichtbar und wie sind die Reaktionen, d. h. die Art der äußerlichen Manifestation der darin vorkommenden Lebensprozesse?«

Der Professor putzte seine Brille, setzte sie wieder auf und betrachtete mich angelegentlich. Ich erinnerte mich an meine Schuljahre und wurde ganz klein. Vielleicht hatte ich eine Dummheit gesagt?

»Ich sehe, daß ich Sie unterschätzt habe«, sagte er. »Ja, ja, ich werde älter ... Sie erinnern mich daran, was ich gestern gesagt habe – die Worte Newtons, nicht wahr? Unterbrechen Sie mich nicht, es geht nicht um die Intention. Wir müssen ihn erst kennenlernen, bevor wir uns mit ihm bekannt machen können. Das ist das wahre ›Ding an sich‹ von Kant – hier liegt der Haken.«

In diesem Augenblick leuchtete über dem Kaminsims ein rotes Licht auf. Frazer ging hin und nahm den Hörer ab.

»Es ist der Doktor.« Er wandte sich an uns. »Er ruft uns alle ins Labor. Vielleicht gibt es Neuigkeiten ... Wir kommen schon«, rief er in den Apparat. Wir erhoben uns alle. Mr. Gedevani holte eine Bürste aus der Tasche, säuberte seine Jacke, schaute prüfend in den Spiegel, der zwischen den Regalen hing, und ging zur Tür.

Im Labor war nur der Doktor anwesend. Auf dem langen Tisch standen einige Apparate und die geheimnisvolle schwarze Birne, die auf einem Stativ montiert war, wie eine giftige, unschädliche Frucht. Wie ich bemerkte, war sie mit einem empfindlichen Galvanometer verbunden.

»Interessante Sache: Er sendet schwache Ströme aus, wie ein angeregtes lebendiges Plasma«, sagte der Doktor, »Ströme, die jenen ähneln, die ein menschliches Gehirn bei einem Reiz von sich gibt. Wir müssen einen guten und empfindlich genug aufzeichnenden Apparat bauen. Vielleicht ist das der zweite Weg zur Verständigung. Bitte sehen Sie sich das an.«

Der Doktor nahm eine kleine elektrische Lampe zur Hand und näherte sich damit jenem Teil der Birne, der ein Fenster mit Löchern aufwies. In dem Augenblick, da der Lichtstrahl darauffiel, schlug der Zeiger des Galvanometers mehrmals ziemlich stark aus.

»Typische Reaktion – phototrop«, sagte der Doktor.

Der Professor schien wenig begeistert zu sein. »Ich glaube, in dieser Richtung müßte man langwierige Forschungen anstellen – was haben Sie vor?«

»Ich werde die Öffnung unterschiedlich starkem Licht aussetzen – dann Farben, Schattierungen, endlich vielleicht Zeichnungen und die Reaktion prüfen.«

»Natürlich die elektrische?«

»Nun ja, vorläufig, etwas anderes ist derzeit nicht möglich. Wie die Herren sehen können, weist die Birne unten siebenundzwanzig dünne Drähte auf, so etwas wie Kabel, die zu entsprechenden Sternchen in den Rosetten der Maschine führen. Ich habe die jeweilige Stromführung in diesen Kabeln untersucht und etwas Besonderes festgestellt: manche reagieren nur auf Licht, andere nicht.«

»Inwiefern reagieren sie auf Licht?« fragte ich.

»Es scheint drei solcher Drähte zu geben.«

Der Doktor verband zwei andere Drähte mit dem Galvanometer und zeigte, daß das Licht jetzt keine Reaktion mehr ergab. Ich ging näher heran, legte die Hand auf die Birne. Das Galvanometer zuckte.

»Hoho, vielleicht ist es die Wärme Ihrer Hand – also würde es sich um Leitungen zur Registrierung thermischer Veränderungen handeln? Versuchen wir etwas anderes.«

Er begann mit einem neuen Experiment. Aus dem Chaos der Fakten schien sich ein immer klareres Bild herauszukristallisieren. Die dünnen Kabel dienten der

80

Rezeption verschiedener physikalischer Veränderungen in der Umgebung. Der Reihe nach entdeckten wir die Rezeptoren für die Spannung elektrischer Felder, ihrer Frequenz und Stärke, aber es waren lediglich ein paar Drähtchen. Der überwiegende Teil blieb rätselhaft. Wir versuchten es mit chemischen Reizen und Wärme und Klanganregungen – ohne jedes Ergebnis.

»Eine schwierige Sache«, sagte endlich der Doktor. »Vielleicht ist diese eigentümliche Birne kein abgeschlossenes Ganzes? Ich vermute, daß das organisierte Plasma auf dem Mars eine andere Entwicklung durchmachte als auf der Erde: hier mußte es im Verlauf der Evolution selbst einen Bewegungs- und Verdauungsapparat, das System der Kommunikation mit der Umwelt, das heißt, die Sinnesorgane und das Nervensystem, entwickeln, und auf dem Mars war es anders: viel einfacher. Es bildete sich ein denkendes Plasma aus, aber etwas schwächlich, das die Evolution beschleunigte, weil es sich der Maschine zur Bewegung, zum Sehen und Hören und zum Schutz vor Zerstörung bediente. In jedem Fall ist die Untersuchung der Birne allein wenig ergiebig.«

Der Professor nickte.

»Ja, ja ... das ist die unmenschlichste Sache, wie einer der Herren sagte, die einem Menschen zustoßen kann, darin liegt ihre wunderbare Schwierigkeit ...« Er wandte sich an den Doktor: »Das macht nichts, verzagt nicht, arbeitet weiter. Suchen wir jetzt unsere Konstrukteure auf ...«

In der großen Montagehalle, die ich zum ersten Mal betrat, herrschte ein Höllenlärm. Auf langen Schienen aus gepreßtem Ebonit bewegten sich majestätisch zwei riesige Porzellansäulen, auf denen zwei ungeheure Nikkelkugeln angebracht waren. Zwischen ihnen sprangen

Blitze über, hellviolette donnernde und flatternde Streifen, als wären sie bemüht, der gigantischen Funkenstrecke zu entrinnen. Das Echo des Donners brach sich an den gläsernen Decken.

Der Betonboden zitterte unter den Füßen. Im ersten Augenblick schien es mir, als ob die Halle leer sei, aber ich sah, daß zwischen den Wagen, auf denen die Säulen montiert waren, und den Kugeln der Funkenstrecke ein Gerät stand, das einer umgestülpten großen Birne glich, erbaut aus einem mattschimmernden Metall, und daneben eine kleine Gestalt in einem Schutzanzug aus Asbest. Als sie sich umdrehte, sah ich hinter Bleiglas die Zähne glänzen. Es war Ingenieur Fink, der uns anlächelte. Der Ingenieur hob beide Hände und kreuzte sie. Auf dieses Zeichen hin verschwand der Funken, und in meinen Ohren füllte ein dröhnendes Pochen die plötzlich eingetretene Stille aus. Der Ingenieur zog sich die Maske vom Kopf und wischte sich über die verschwitzte Stirn.

»Alles verläuft gut«, erklärte er. »Wir versuchen die Maschine ohne die Hilfe der Atomenergie, die wir noch nicht beherrschen können, in Bewegung zu setzen – dazu brauchen wir an die zwei bis drei Millionen Volt.«

»Könnten Sie bis zum Abend wenigstens eine oberflächliche Skizze der Maschine vorbereiten? Ihre Konstruktionsprinzipien, die einzelnen Teile, und, was am wichtigsten ist: den Konstruktionsgedanken, der in ihr dargestellt ist, und sei es nur in Umrissen.«

Der Ingenieur nickte. »Sie fordern viel, Herr Professor ... Ich versuche es, sage aber gleich: erhoffen Sie sich nicht zuviel. Am schlimmsten ist, daß die Maschine teuflisch einfach ist, so sehr kommt sie ohne alle für mich selbstverständlichen Einrichtungen zur Energieumwandlung aus. Die Atomenergie geht direkt in elektrische Energie oder Wärmeenergie über – bitte sehen Sie.«

Er führte uns in einen abgedunkelten Winkel der Halle: Dort stand Ingenieur Lindsay, der gerade in das Innere des schwarzen Kegels des Marsianers zwei dicke, mit Porzellanhütchen gepanzerte Kabel einführte. Der Ingenieur drängte uns in eine Bleikammer, zeigte schweigend auf ein Guckloch und ging weiter. Ich sah noch, wie er an eine Marmortafel trat, die an der Wand hing, und dort einen langen Hebel betätigte. Wiederum zerriß das donnernde Getöse eines künstlichen Blitzes die Luft. Das violette Blitzen erhellte jeden Winkel des Saales, das gespenstische Licht glänzte auf unseren Gesichtern. Ich schaute auf den Kegel, bei dem Ingenieur Lindsay stand. Er verband etwas, und plötzlich steckte er die Hand, die in einem großen roten Handschuh steckte, in die Öffnung, die wir mit dem Bohrer erzeugt hatten.

Ich glaube, daß ich aufgeschrien habe. Die wirr durcheinanderliegenden Tentakel des Kegels begannen zu zittern, sich zu bewegen, auf den Boden zu schlagen, wie in einem Wutanfall. Der Ingenieur machte weiter. Jetzt erhoben sich die Fühler ganz langsam in die Luft, zitterten nur mit den Enden und blieben in der Luft stehen. Schließlich näherte sich einer von ihnen einer an einer Trosse von der Decke hängenden Stahlplatte. Ich fragte mich, wozu diese Platte dort hing, aber es wurde mir bald klar. Das stumpfe, schwarze Ende des Schlangenrohres näherte sich dem Stahl. Vielleicht war es nur eine Illusion, aber mir kam es vor, als färbe sich die Platte in der Mitte rot. Plötzlich erzitterte die Leine, die Platte begann sich wie ein großes Pendel zu bewegen, und in ihrem Mittelpunkt zeigte sich eine Öffnung, durch die der Fühler ungehindert auf die andere Seite drang – das Donnern und Blitzen brach plötzlich ab, der Schein erlosch.

Wir verließen die Kabine.

»Ingenieur Lindsay hat sich nicht im mindesten geirrt, nicht wahr?« sagte Fink und führte uns zur Tür. »Und das ist nur eine der Möglichkeiten.«

»Sie sprechen nur von den technischen Möglichkeiten«, sagte der Professor.

»Wovon soll ich denn sonst sprechen?« Der Ingenieur schien ihn nicht zu verstehen.

»Und Sie ... na ja, Sie müssen wohl so, aber der Doktor auch? ... Also, es geht mir um die Art des Sichnäherns. Er näherte sich, und das rückt alles nur noch ferner ... Bitte sehr«, schloß der Professor. »Ich wage es nicht, Ihnen irgendwelche Anweisungen zu geben, bitte Sie aber, haben Sie vor allem die Synthese vor Augen. Die Analyse ist ebenso wichtig, aber man darf sich nicht in Einzelheiten verlieren. Wäre es nicht einfacher, wenn Sie uns darüber aufklären könnten?«

Der Ingenieur lachte verlegen. »Nicht umsonst nennt man Sie bei uns den alten Metaphysiker – bitte seien Sie nicht verstimmt, Herr Professor ...«

»Vielleicht deshalb, weil ich an den Logos glaube und an andere sonderbare Sachen, die sich die Engstirnigen in ihren Gehirnwindungen nicht zusammenreimen wollen«, sagte der Professor leise. »Wenn ja, wie könnte ich beleidigt sein? Ein so verstandener Ruf als Metaphysiker könnte nur ein Kompliment sein.« Er drückte dem Ingenieur die Hand und verließ die Halle.

4. Kapitel

Und wieder saßen wir im weißen Licht der matten Lampen und lauschten gespannt den Worten des Ingenieurs Fink. Er breitete die Stöße seiner Notizen auf dem Tisch aus.

»Also, ich habe schon das System erklärt, nach dem unsere Maschine funktioniert ... ihre Idee ist der direkte Kraftverbrauch, das heißt, die Einwirkung des Strahlungsdrucks auf die Drehbewegung der sich bewegenden Walzen ... Wir haben uns überlegt, warum sich die Maschine so langsam und scheinbar unbeholfen bewegt, warum sie keine Greifapparate aufweist – es zeigt sich, daß einem solchen Mechanismus unsere unhandlichen Werkzeuge zugrunde liegen, die nach dem Muster der Hand konstruiert sind. Es geht darum, daß die Greifer oder Schlangenrohre an den Enden, die ich Monitore genannt habe, Energie in verschiedenen Zustandsformen abgeben können. Es kann thermische Energie sein oder ein anderes Magnetfeld, mit einem Wort, durch die Angleichung der Schwingungen der eigenen Atome an die Schwingung der berührten Substanz kann es zu einer Anziehung oder zu einer Fixierung kommen, die für uns selbst beim Zusammenschrauben unerreichbar bliebe. Das tragische Ende Whites, der auf dem Hof war, als sich der Aeranthropos auf und davon machte, und dessen Schicksal wir schweigend übergangen haben, weil ihm kein anderes Geschick widerfahren sein konnte, war die völlige Zerstäubung in Atome, und das erklärt den Umstand, daß er so schnell verschwinden konnte und daß wir keine Überreste gefunden haben. Was die energetischen Merkmale der Maschine angeht, so kennen wir sie vielleicht in Umrissen, aber keineswegs alle. Es geht hier darum, daß wir weder empfindliche Sinnesorgane noch physikalische Apparate zur Registrierung der Kraft von Materiewellen haben, und es scheint mir, gerade die Materiewellen bilden die Grundlage für gewisse Bauelemente der Maschine. Das ist die eine Seite. Was die Kontrolle der Außenwelt betrifft, die Einwirkung der Außenwelt auf die Maschine, und zwar in erster Linie auf den lebenden Kern in der Birne, kann ich Ihnen leider nur sehr wenig sagen. Ich verlasse mich hier auf den Doktor. Natürlich gibt es da Apparate, die, vereinfacht ausgedrückt, an lichtempfindliche Systeme erinnern, es gibt auch Zusammenfügungen von Metallen wie für die Registrierung von Temperaturunterschieden. Aber das sind nur Elemente. All ihre äußeren Auswüchse führten an das Zentralrohr, wo sie blind enden. Dieses Rohr ist mit einer Art Flüssigkeit gefüllt ... Eigentlich aber ist es keine Flüssigkeit.« Er stellte einen kleinen Glaskolben auf den Tisch. »Hier haben Sie eine Probe dieser Substanz. Ich kann darüber weiter nichts sagen, außer daß es sich aller Wahrscheinlichkeit nach um eine organische Substanz handelt ... Ich bin übrigens ein allzu schwacher Chemiker, um ihre Zusammensetzung genau feststellen zu können. Jedenfalls ist die Wirkung dieser Flüssigkeit höchst erstaunlich – aber, meine Herren, Sie sollen sich mit eigenen Augen überzeugen. Worte reichen nicht aus, um es zu beschreiben.«

Wir schauten einander an, gleichsam von dem Gedanken getrieben: Aha, die Wunder sind bereits im Gange.

Ingenieur Fink sagte: »Nur Mut, Doktor.«

Und nachdem er die Flasche geöffnet hatte, führte er sie ihm an die Nase. Der Arzt inhalierte vorsichtig die Luft, seine Miene veränderte sich und plötzlich entriß er dem Ingenieur die Flasche und atmete in heftigen Zügen das Gas ein, das sich sichtlich von der Flüssigkeit löste.

Sein Gesicht wurde rot, dann blaß, er sank in den Sessel und schloß die Augen.

»Ingenieur, was ist das?« rief der Professor. »Doch wohl kein Gift?«

Fink trat zum Doktor, der sich widerstandslos die Flasche aus der Hand nehmen ließ, und reichte sie mir. Ich beschloß, sehr vorsichtig zu sein und nur ein wenig an diesem sonderbaren Gas zu schnuppern.

Ich kann nicht sagen, was mit mir passierte. Ich sah zuerst ungewöhnlich schöne, neblig wirbelnde Kreise. Dann ertönten laute und leise Klänge und schufen eine wunderbare Harmonie. Das alles verschmolz in einen Strom von Farben, Licht und Duft, der nicht wohltuend war, sondern eher unangenehm, wie ich jetzt sagen würde – doch dieses Unlustgefühl war süß bis zum Schmerz. Da war das Gefühl eines starken und unwiderstehlich heftigen Lebens, das mit jedem Herzschlag, mit jeder Bewegung eines Muskels und mit jedem Atemzug Wonne spendet; und all das war eingehüllt in ein seidiges Polster. Gleichzeitig sah ich, was ringsum los war und fühlte, daß ich so klar dachte wie noch nie, daß ich so scharf und bunt sah wie ein sonderbares optisches Instrument. Jemand, der Ingenieur, glaube ich, wollte mir die Flasche wegnehmen. Ich drückte sie krampfhaft an mich, wollte sie nicht hergeben, aber ich fühlte eine leichte Ohnmacht – ich ließ sie los.

Jetzt wundere ich mich nicht ... ich wundere mich über gar nichts.

Ich sah, wie der Doktor, ganz in sich zusammengesunken, weinte. Ich weinte auch, diese Selbstfindung war so entsetzlich – vor einem Augenblick noch zufrieden und normal, und jetzt todunglücklich, wie hinausgeworfen aus dem verlorenen Paradies. Ich fühlte, daß es sich änderte, daß ich ein altes dummes Pferd war, doch das Zucken der Trauer drückte mir die Kehle zu. Die Flasche ging rundum und schenkte jedem eine Weile übermenschlichen Glücks und bitterer menschlicher Enttäuschung.

Der Professor lehnte es ab, die Flasche zu nehmen. »Das ist wohl ein Rauschgift«, sagte er. »Ich bin dagegen, sich mit Haschisch oder Opium zu vergiften.«

»Das ist es nicht, Herr Professor. Bitte verzeihen Sie mir, daß ich unserem Biologen in die Quere gekommen bin.« Der Ingenieur nahm ein Glas aus der Tasche und stellte es auf den Tisch.

In dem Glas saßen zwei Frösche: ein kleiner, magerer und ein zweiter von übernatürlicher Größe, wie aufgeblasen.

»Und was ist das für ein Wunder vom Mars?« sagte der Doktor verlegen.

Er schämte sich – uns alle überflutete eine Welle der Scham, nachdem uns diese sonderbare Flüssigkeit entzogen worden war.

»Und da ist der Umstand, daß die beiden Frösche am Morgen noch Kaulquappen waren. Nur daß ich in das Wasser des Aquariums einen Tropfen dieser Flüssigkeit gegossen habe . . . das ist alles.«

Der Ingenieur sprach ruhig weiter:

»Ich hatte mir gesagt, daß ich mich über nichts mehr wundern werde – und doch werde ich jedesmal aufs neue starr vor Staunen. Wie schon gesagt enden alle Wahrnehmungsapparate blind . . . und führen ins Innere des flüssigkeitsgefüllten Rohres mit den Auswüchsen, die elektrischen Einrichtungen ähneln. Genau die gleichen Auswüchse findet man am oberen Ende, wo sie Stecker für die Rosetten bilden, in die die Kabel der zentralen Birne münden. Mehr war mir nicht aufgetragen.«

Der Professor betrachtete uns streng.

»Es scheint mir, daß sich Mr. Gedevani nach uns allen sehnt, und am meisten nach dieser wunderbaren Flasche. Ich erlaube mir, daran zu erinnern, daß wir hier nicht so sehr gewöhnliche Leute sind oder auch Gelehrte, sondern die irdische Delegation für den Empfang und das Studium des Ankömmlings vom Mars. Muß ich es aussprechen, welche Merkmale eine derartige Delegation haben und von welchen sie frei sein sollte?«

Wir alle senkten den Kopf. Fürwahr, der Professor war zu scharf mit uns ... er spürte nicht die entsetzliche und gleichzeitig wunderbare Wirkung der Flüssigkeit ...

Der Alte schien unsere Gedanken zu lesen:

»Auch wenn es das Lebenswasser ist, erlaube ich mir doch, daran zu erinnern, daß es aqua vitae heißt – und nach Abschluß unserer Forschungen kann sich jeder der Herren dem Studium seiner Merkmale widmen ... ich werde das niemandem verbieten ...«

Der Alte war boshaft, aber ich spürte, daß er recht hatte.

»Herr Professor«, sagte ich, »es gibt hier keine Schuld. Ich glaube und weiß, daß alles gut werden wird. Das sage ich im Namen aller Herren. Eben weil wir keine ›forschenden Gehirne‹ sind, sondern Menschen. Denn gerade weil wir Menschen sind, werden wir so handeln, wie es die Situation erfordert.«

»Das habe ich erwartet«, erwiderte der Professor trocken. »Bitte verzichten Sie in Zukunft auf solche Demonstrationen, Herr Ingenieur. Und jetzt bitte ich Sie um Ihre Meinung.«

Der Ingenieur gab mir recht, daß diese ganze Geschichte mit der Vorführung der Zentralflüssigkeit des Aeranthropos das Ziel hatte, dem Professor zu demonstrieren, daß er ein genauso schwacher Mensch sei wie wir. Es erwies sich jedoch, daß die Falle zu plump gestellt worden war. Der alte Herr nahm zwar (wie ich später erfuhr) die Flasche in sein Zimmer mit, aber doch nicht, um sich ein momentanes Lustgefühl zu verschaffen. Ich bin sicher, daß er sich von jedem ekelhaften Insekt beißen ließe, wenn ihm dies einen wissenschaftlichen Erkenntnisgewinn brächte. Er hatte befürchtet, die Beherrschung zu verlieren, und er war zu klug, um sich uns gegenüber lächerlich zu machen.

Der Doktor, der sich nach dem erstaunlichen Experiment wieder gefaßt hatte (die Wirkung ließ schnell nach), stand auf und legte einen Stoß Papiere verschiedener Größe und verschiedenen Formats vor sich hin. Er hatte die Gewohnheit, die Resultate seiner Arbeit auf Manschetten zu schreiben, auf alte Zeitungsfetzen, schmutzige Servietten, alte Zeitschriften, ohne die prächtigen Notizblöcke mit feinstem Schreibpapier anzurühren, die überall in den Labors vorhanden waren. Er hatte mir anvertraut, die Ferne und Leere des Papiers verursache eine Verwässerung des Gehirninhalts und eine Hohlheit der Gedanken.

»Meine Herren, ich kann Sie wirklich mit nichts zum Staunen bringen und bin nicht imstande, Ihnen eine wunderbare Darbietung zu geben« – er war Fink wegen seines Experimentes sichtlich böse –, »meine Lage ist vielmehr ernster als die meines Vorgängers, und das aus zweierlei Gründen. Erstens, weil sich einer toten Substanz die Geheimnisse leichter entreißen lassen, und zweitens, weil sich die Maschine seit Wochen im Zustand der Nichtaufnahme von Substanzen von außen be-

90

findet, zumindest der für diesen Teil schädlichen Luft. Vielleicht erscheint Ihnen das als Anthropomorphisieren von meiner Seite, aber wenn die Substanz lebendig ist, und ich kann das mit Fug und Recht annehmen, dann muß sie zur Aufrechterhaltung des grundlegenden Stoffwechsels die eigenen Verluste durch die Aufnahme chemischer Elemente von außen wettmachen. Das ist die einzige Möglichkeit.«

»Herr Doktor, Sie irren«, unterbrach ihn Gedevani. »Das ist die zweite Möglichkeit: Es kann sein, daß die Lebensenergie dieser Maschine von außen, ohne chemische Reaktionsenergie kommt, durch die Verbindung von Strahlen oder Wellen, die von den Neutronen ursprünglich ausgehen; sie bekommen die eigene kinetische Energie von den Atomen und geben sie an die lebenden Teile ab.«

Der Doktor nickte. »Ich glaube, Sie haben recht. Vielleicht ist eine solche ›Ernährung mit Energie‹ möglich – auf jeden Fall begann das Plasma um halb elf gewissermaßen Symptome des Absterbens zu zeigen, dessen erstes Anzeichen so etwas wie die Erweichung der funktionellen Ströme war ...«

»Hören Sie auf mit dieser Bauchrednerei – ist dort noch etwas davon übriggeblieben?« Der Professor blickte böse über den Brillenrand auf den Doktor. Dieser schien beleidigt zu sein.

»Ich bin noch nicht fertig. Ich bekomme meine Arbeitsergebnisse nicht so leicht wie andere durch das Zerlegen einzelner Räder.«

»Was soll das schon wieder heißen? Ich habe den Eindruck, daß Sie Streit suchen?« Der Professor war rot angelaufen.

Der Doktor hielt sich zurück. »Vielleicht wirkt diese verdammte Flüssigkeit so ... Jedenfalls hatte ich eine halbe Stunde lang einen ordentlichen Bammel, denn die Lichtpulsationen fielen fast auf Null ab, so schwach waren die Ströme. Ich gab Sauerstoff und Kohlendioxid von sehr schwacher Wirkung. Um 11.55 war schon das Stadium des Sterbens erreicht, also griff ich verzweifelt zu –« Er hielt inne.

»Nun, was, um Gottes willen, haben Sie gemacht?«

»Ich habe durch die Öffnung in der Birne 0,001 Adrenalin gespritzt. Die Wirkung war phänomenal. Alle Erscheinungen gingen auf die Norm zurück. Und als ich vor einer Viertelstunde ging . . .«

Der Professor erhob sich. »Aber es konnte doch nur eine für den Augenblick wirkende Erholung sein. Es ist zwölf Stunden her, seit das Gehirn von dem Kegel abgeschaltet wurde. Wenn das Plasma empfindlich ist und die notwendige Energie nicht mehr bekommt – schnell, meine Herren! Ins Labor – Mr. Fink, die Flasche mit der Flüssigkeit, schnell.«

Wir liefen wie Schüler zur Tür, von der kräftigen Stimme angetrieben.

»Vorsicht – meine Jacke.« Das war Gedevani. Er blickte sich mürrisch um. »Ich wußte ja, daß es nicht so einfach enden würde – es macht sich noch einen Spaß.«

»Welches es?«

»Na, dieser Mensch vom Mars.«

Im Labor war es still. Ich trat als erster an das Galvanometer und schaute durch das Glasfenster – es war dunkel.

»Donnerwetter! Herr Doktor, das hätte ich nicht von Ihnen erwartet. Es ist zerstört, es scheint nicht mehr zu leben. Wir sitzen dort wie die Idioten und faseln herum, und hier stirbt das Plasma. Es stirbt, stirbt, verstehen Sie das? Und Sie streiten mit dem Ingenieur um Ihre kleinlichen Ambitionen.«

Der Arzt verging fast vor Scham.

»Ehrenwort, als ich wegging, war er in hervorragendem Zustand, ich habe nicht erwartet ... ich saß die ganze Nacht hier – und ...«

»Still! Ingenieur, die Flüssigkeit!«

Professor Widdletton war völlig außer sich. Er bewegte sich blitzschnell, entriß dem Arzt die Spritze, füllte sie mit einigen Tropfen der rätselhaften Flüssigkeit und schob die Nadel durch die Öffnung des Panzers. Die Sekunden vergingen – der Kolben der Spritze erreichte den Boden – wir hielten den Atem an.

Plötzlich sah ich im Fenster einen schwachen Glanz, gleichzeitig kippte der Zeiger des Galvanometers um. Ein zweiter Blitz – im Inneren der Birne breitete sich ein schwacher Lichtstrahl aus.

»Gott sei Dank.« Der Professor strahlte. »Kein Zweifel, wir können damit beginnen, ihn zusammenzusetzen.« Er umarmte uns förmlich mit einem Blick. »Ich sehe, meine Herren, daß Sie mir hier eine echte Miniaturversion der wissenschaftlichen Welt einrichten wollen. So viele Wissenschaftler, so viele Ansichten – Theorien und so fort –, das Spiel geht weiter, und Aeranthropos krepiert inzwischen. Das muß aufhören! Das sage ich Ihnen. Solche akademischen Diskussionen und Referate, die einen halben Tag dauern, müssen aufhören, hier muß gehandelt werden. Herr Ingenieur, bitte bauen Sie gemeinsam mit dem Doktor die Maschine zusammen, damit sie die lebensnotwendige Energie bekommt – wir können später darüber sprechen.«

»Ja, damit er wieder zu toben beginnt«, sagte Gedevani.

»Sind Sie auf Urlaub hierhergekommen?« Der Professor verstand keinen Spaß.

»Herr Professor«, wagte ich einzuwerfen, »hier geht

es nicht um die Gefahr, wohl aber um die Zweckmäßigkeit des Handelns. Kann der Ingenieur dafür bürgen, daß er die Strahlung beherrscht, das heißt, daß man sie jederzeit ausschalten kann?«

»Ich glaube ja, es sei denn, die Maschine hört auf, eine Maschine zu sein«, sagte er nachdenklich.

»Was soll das heißen?«

»Das heißt, falls er denkt – und ich glaube, ich kann mit Recht annehmen, daß das Plasma der Konstrukteur der ganzen Maschine ist und daß es nach Überprüfung des Sachverhaltes, da es den Apparat beherrscht, die Werkzeuge auf Atomumwandlung einstellen kann – und dann kann ich für nichts die Verantwortung übernehmen.«

»Soll das heißen, daß Sie Ihre Hände in Unschuld waschen?« fragte der Professor langsam.

»Nein. Das bedeutet, daß ich keine Garantie übernehme – aber ich beginne sofort mit dem Zusammenbau.«

»Das verstehe ich, also bitte, tun Sie das Ihre.«

Der Ingenieur baute mit Hilfe des Doktors die Birne vom Stativ ab, nahm sie vorsichtig in die Hand und ging. Wir standen noch eine Weile im Labor herum.

»Was werden Sie tun, Herr Professor?« fragte ich.

»Wir stecken ihn in die Kammer mit Marsatmosphäre und versuchen ihm zu verstehen zu geben, daß wir ihm nicht feindselig gesinnt sind. Denn man muß nicht mit Geschossen auf ihn einwirken, sondern mit Gedanken.« Der Professor sprach ruhig, offenkundig dachte er laut.

»Kehren wir nicht zum Ausgangspunkt zurück?« fragte ich. »Die Informationen, die wir von der Konstruktion haben, sind äußerst verschwommen, vom Plasma ganz zu schweigen, diesem Zentralgehirn.«

»Gehirn? Eine hervorragende Bezeichnung.« Der Professor schien begeistert. »Ich habe eine Idee«, rief er und verließ das Labor. Frazer folgte ihm.

Der kleinwüchsige Mr. Gedevani blieb bei mir zurück. Er wischte sich die Stirn mit einem Tuch ab, dann sah er sich um und sagte: »Ich habe es ja geahnt, daß es schlecht enden wird. Vier Jahre lang stand ich vor dem Zyklotron mit seinen drei Millionen Volt, aber das war ein Kinderspiel. Was wird hier aufgeführt, was wird hier aufgeführt!« Und mit diesen Worten der Verzweiflung ging er.

Ich ging auch und dachte über die Worte des Professors nach. Hatte er endlich den Schlüssel zur Verständigung mit dem Marsianer gefunden? Ich konnte es nicht glauben. In der kleinen Montagehalle, in die ich hineinschaute, stand Lindsay mit dem Professor. Letzterer stellte einige Apparate zusammen, ich erkannte einen großen Dynatronverstärker und Verstärkerstufen von hoher Frequenz.

In der Mitte des Raumes stand ein großer Sessel, der aussah wie ein elektrischer Stuhl – so war mein erster Eindruck, denn oben auf der Lehne war eine Art Haube aus Kupfer, zu der Kabel führten.

»Schalten Sie schnell unsere Akkumulatoren ab«, sagte der Professor. »Und den Kathodenoszillator stellen wir hier auf das Podest. Rufen Sie Burke an, der hilft Ihnen.« Dann wandte er sich an mich: »Wissen Sie, was ich glaube? Das ist ein phantastisches Projekt. Es ist ein phantastisches Projekt, aber was hilft uns, wenn nicht die Phantasie? Nun, ich will die elektrischen Ströme auffangen, die in der Hirnrinde eines jeden von uns erzeugt werden, sie ein paar millionenmal verstärken und an die Stege einer Röntgenröhre leiten – abhängig von den Spannungsschwankungen der Ströme,

95

wird sich die Stärke der Röntgenstrahlen ändern. Mit dieser, von den Strömen unseres Gehirns gesteuerten Strahlung werde ich Aeranthropos anleuchten.«

Burke kam herein. Er montierte mit dem Ingenieur die Einzelteile der Apparatur. Der Professor bat mich, auf dem Stuhl Platz zu nehmen, setzte mir die Kupferhaube auf und schaltete einige Kontakte ein.

Ein tiefes Heulen ertönte. Der Professor beschäftigte sich mit den Apparaten, sprach dabei aber weiter:

»Verstehen Sie, was ich meine? Unsere Reden, unsere Gesten sind für den Ankömmling vom Mars unverständlich. Aber es kann sein, daß im Zentrum selbst, im Gehirn, die psychischen Prozesse einen ähnlichen Verlauf haben. Ich versuche also, den mittelbaren Wegen auszuweichen und mit den Strömen unserer Gehirne auf sein Gehirn einzuwirken.« Inzwischen glommen die Verstärkerröhren in einem blaßrosa Licht. Das Heulen nahm zu. Ich fühlte, wie mir jemand den Metallkasten auf dem Kopf mit einem Riemen enger zog.

»Bitte, werden Sie nicht nervös. Ruhig sitzen bleiben«, drang die Stimme des Professors zu mir.

»Es ist gar nichts: schauen Sie auf die Leinwand.« Eine große Röhre, die einer gläsernen Walze mit erweitertem Kegeluntersatz ähnelte, lag auf zwei schwarzen Ständern. Ich sah, wie sich auf dem Unterteil, der blaßgelb fluoreszierenden Oberfläche, langsam schwankende Lichtlinien zeigten. »Das sind Ihre Gehirnströme – bitte, multiplizieren Sie im Kopf dreißig mal achtzehn.« Das helle Zickzack auf der Glasfläche veränderte sich jetzt sehr schnell.

»In Ordnung, der Apparat funktioniert hervorragend.« Das Dröhnen hörte plötzlich auf, und ich fühlte, wie der Ingenieur den Riemen löste und die Haube von meinem Kopf nahm.

»Kommen Sie bitte wieder herunter. Wir werden das Kabel des Oszillographen durch den Ventilationsschacht führen. Sie nehmen es dort an der Einlaßöffnung in Empfang und warten, bis ich komme. Wir werden eine Röntgenröhre montieren«, sagte Lindsay. Ich lief die Treppe hinunter. In der großen Montagehalle dröhnte ein Elektromotor, der kleine Kran hob gerade den willenlosen Körper der Maschine von ihrem Bett und schob ihn bis zur Mitte der Halle. Der Ingenieur ging nach unten und gab dem Doktor Zeichen, der den Kran mit einer Kurbel steuerte. Ich fand den Installationsschacht und sah nach einem Augenblick, wie aus seinem Inneren das schwarze Ende des Kabels hervorkam. Ich zog leicht daran und wartete. In diesem Augenblick erschien Lindsay, der eine große, abgeschirmte Röntgenröhre trug. Er montierte ein Kabel auf dem Wandisolator und begann die nötigen Geräte aufzustellen.

»Die Gasgeschosse in Bereitschaft«, sagte er und wandte sich an Gedevani, der etwas abseits stand: »Glauben Sie bloß nicht, daß ich lebensmüde bin. Und jetzt: Wir schalten den Strom aus den Generatoren zehn Sekunden lang ein. Gibt es keine Reaktion, wieder zehn Sekunden lang. Das wiederholen wir so lange, bis es sich regt. Dann schalten wir den belebenden Strom ab und setzen sein Gehirn oder seine Sinnesorgane – am besten wird es sein, alles zusammen zu bestrahlen – der Einwirkung der Röntgenstrahlen aus. Oben wird einer von uns sitzen und langsam nachdenken, ganz ruhig, aber nicht in Worten, denn das bringt nichts, sondern in Bildern. Das Schema dieser Gedanken, das heißt, welche Bilder in der Phantasie hervorgerufen werden, habe ich schon skizziert. Dann schalten wir wieder den belebenden Strom ein und stellen fest, ob er irgendwie darauf reagiert. Das wiederholen wir bis zum gewünschten Erfolg.«

»Das heißt wie lange?«

»Bis zum Morgen, wenn es notwendig ist«, sagte der Professor zu Gedevani. Ich sah auf die Uhr: es war sieben Uhr abends.

»McMoor, Sie sind ein gelassener Mensch mit gesundem Menschenverstand.« Der Professor sah scharf auf den Italiener, aber der zeigte sich nicht im geringsten gekränkt. »Sie gehen hinauf. Auf dem Zettel auf meinem Schreibtisch finden Sie ein Schema, nach dem Sie denken sollen. Sie sollen es jedoch langsam tun, jedes Bild mindestens zwanzig Sekunden lang. Sie beginnen beim roten Signal, bei Grün hören Sie auf. Wenn es gelingt, sind Sie der erste Mensch auf der Welt, der sich mit dem Marsbewohner verständigen konnte.

Gott steh uns und Ihnen bei – schade, daß es einen Ingenieur erwischt hat – wir brauchen Ihr Wissen, aber Frazer ist auch ein guter Physiker. Mr. Frazer, Sie gehen mit McMoor und kümmern sich um alles, was für die Aufzeichnung und den Durchlauf der Gehirnströme durch den Verstärker notwendig ist. Sie sitzen mit dem Hörer am Ohr da. Wenn ich anrufe, werden Sie den Strom, der von hier nach unten geht, je nach den Anweisungen verstärken oder vermindern.«

Nachdem er geendet hatte, wandte sich der Professor an Lindsay. Ich ging mit Frazer nach oben. Im kleinen Montageraum setzte ich mich auf einen Stuhl. Frazer setzte mir die Metallhaube auf den Kopf und drückte mir einen Zettel in die Hand. Darauf standen einige Sätze; ein Paket numerierter Photos war beigefügt.

Zunächst sollte ich fleißig die Karte vom Mars beobachten – ein aktives Sehen und kein bloßes Gaffen wie auf eine angemalte Puppe, hatte der Professor mit seiner unleserlichen Schrift unter das Photo geschrieben. Dann auf das Photo von der Erde. Weiter – die Karte Amerikas, dann die Gegend, wo wir uns befanden, und ich »sollte positive Gefühle, ohne Angst oder Haß« durchleben. Großer Gott, dieser alte Besserwisser! Ich war ziemlich irritiert über diese Befehle an meine Denkmaschine. Was glaubte er, daß ich eine Uhr sei oder was? Das nächste Photo stellte uns alle dar (außer mir), wie wir auf der Plattform beim Teleskop versammelt waren. Hier mußte man wieder an den Mars denken, aber bildlich, nicht wörtlich ... hatte der Professor an den Rand geschrieben. Schließlich waren da Photos des Geschosses, der Gegend, wo es niedergegangen war, und des Marsianers selbst. Bei diesen intensiven Vorstellungen sollte ich mich den Notizen des Professors zufolge bei guter Laune befinden und freundschaftliche Gefühle für unseren Gast hegen. Ich gebe zu, mein erster Gedanke, nachdem ich mich mit diesem Elaborat vertraut gemacht hatte, ging dahin, der Schlag möge dieses mechanische Gebilde treffen, das schon einige Menschen getötet hatte – aber ich beherrschte mich. Plötzlich läutete das Telephon – der Professor rief an. Er teilte mit, daß sie den Aeranthropen mit einer Spannung von drei Millionen Volt anregen würden, und bat uns, beim Signal sofort einzuschalten. Ich richtete mich auf dem Stuhl auf und wartete. Nach einer Weile verspürte ich ein leichtes Beben des Fußbodens.

»Sie elektrisieren unseren Marsianer«, sagte Frazer.

»Sie elektrisieren! Ein guter Ausdruck: drei Millionen Volt.« Mir lief ein Schauer über den Rücken. »Hoppla, ich soll ja guter Stimmung sein.« Ich begann an Schottland zu denken, an die bewaldeten Berge, an die Millionenauflagen der Zeitungen bei einer sensationellen Reportage.

Ein Gesumme unterbrach meine Gedanken.

»Was? Wo? Wie?« schrie Frazer in den Hörer. »Lauter. Ich höre nichts!«

Selbst ich hörte aus einer Entfernung von mehreren Schritt, daß der Hörer vor Spannung knatterte – und kein Wunder: alle Hochleistungsgeneratoren arbeiteten mit voller Kraft, um die notwendigen Millionen Volt zu liefern.

Frazer schleuderte den Hörer von sich. »Beim dritten Einschalten des Stroms fing er zu zittern an – er bewegte sich. Der Professor sagt, daß Sie sich bereitmachen sollen.«

Inzwischen ließ Fink den Marsianer zu Boden fallen, brachte den Leblosen in die normale Position und beschäftigte sich dann damit, die einzelnen Kabel der Birne mit dem Stecker des Plasmas zu verbinden. Als er fertig war, deckte er die äußere Öffnung mit seiner Mütze ab und versuchte das Herz – oder das Gyroskop – durch die von uns gebohrte Öffnung anzuregen.

»Herr Ingenieur, Vorsicht!« rief ich.

»Nur keine Angst, er hat keinen Apparat für die Umwandlung von Atomenergie – und solange wir ihm nicht aus unserem Netz drei Millionen Volt zuschalten, ist er so harmlos wie ein Stück Holz.«

Er steckte die Hand in die Öffnung und begann sie darin zu bewegen. Ich hörte das mir bekannte Schmatzen, wie von einem Ventil, plötzlich stöhnte der Ingenieur, wurde blaß und sank zu Boden, als wären es die letzten Zuckungen.

Zum Teufel! Ich warf mich auf ihn, wollte ihn zur Seite ziehen und verspürte einen schrecklichen Schlag in der Hand. Ich stürzte gegen die Wand. Schon kam Lindsay in roten Gummihandschuhen gelaufen und zog den ohnmächtigen Fink zur Seite. Ich ergriff Finks Hand,

100

obwohl mir die Beine schlotterten und die Finger der rechten Hand wie Feuer brannten, und legte seine beiden Hände auf den Tisch. Wortlos holte der Doktor sein Etui aus der Tasche, gab ihm schnell und geschickt eine Injektion, maß ihm den Puls, zählte dann mit einem Blick die Ampullen und sah mich an, als wolle er sagen: ›Na also!‹ Dann begann er mit der Herzmassage.

Inzwischen hatte das Haustelephon geläutet, als wolle es von der Wand fallen, aber in dem Durcheinander hatte keiner abgehoben. Jetzt ging Lindsay hin und berichtete dem Professor, was geschehen war.

»Vielleicht wäre es besser, wenn ich ihn hinauftragen würde?« sagte ich zum Doktor und wies mit den Augen auf Fink. »Wenn hier etwas passiert, wird er am ehesten darunter leiden, weil er sich nicht bewegen kann.« Der Doktor nickte. Ich nahm Fink auf und trug ihn in mein Schlafzimmer.

Unterwegs traf ich auf den Professor, der herbeistürzte. Er sagte nichts, sondern warf mir nur einen Blick zu, daß mich ein Schauder überlief, und sprang in den Aufzug.

Ich hatte vielleicht fünf Minuten bei Fink gesessen; als ich sah, wie gleichmäßig er atmete, überlegte ich, daß mein Platz unten sei. Ich deckte ihn zu und ging.

In der Montagehalle hatte Widdletton das Kommando übernommen.

Diese ständige Bevormundung begann mir auf die Nerven zu gehen. Um die gute Laune nicht zu verlieren, begann ich mir leise einen Kinderreim vorzusagen: Mary had a little lamb / Its fleece was white as snow / And everywhere that Mary went / the lamb was sure to go. Als ich damit fertig war, begann ich es zu buchstabieren. Da ertönte ein dreifaches schrilles Gesumm, und die rote Lampe brannte vor meinem Gesicht.

»Achtung«, rief Frazer. »McMoor – Sie denken, langsam und ruhig. Ich schalte den Strom ein.«

»Wo bleibt er?« erwiderte ich, und es ertönte ein tiefes Heulen. Ich begann in meiner Erinnerung zu kramen. Ich starrte intensiv auf die Hochglanzphotos vom Mars und erinnerte mich an seine Kanäle und Wüstengebiete, soweit ich konnte, und kramte weiter in der Erinnerung. Hinter meinem Rücken ertönte ein Summen – mochten sich die anderen darum kümmern! Der Reihe nach schaute ich mir die Photos an, ab und zu schloß ich die Augen; zuweilen stellte ich sie mir genau vor, dann sah ich wieder mehrere auf einmal. Stufenweise ging ich weiter, bis ich beim letzten Photo angelangt war. Jetzt sollte ich mich in eine mustergültige versöhnliche Gemütslage versetzen. Ich stellte mir die Erde vor, das große Amerika auf der Vorderseite, die mit einem breiten Streifen mit dem Mars verbunden war, und auf diesem Streifen stand geschrieben: »Stop! Sie dürfen nichts mit Worten sagen.«

In diesem Augenblick erlosch das Licht. Frazer schaltete den Transformator aus und sprang ans Telephon. Da er mich vergessen zu haben schien, befreite ich mich mit eigener Hand von der Haube und sah ihn an. Er hielt den Hörer ans Ohr gepreßt und wartete. Die Sekunden verstrichen langsam.

»Und, und?« fragte ich. Frazer schüttelte verneinend den Kopf. Ich stand vom Stuhl auf. Frazer drückte einige Male auf die Gabel und schrie: »Hallo, hallo«, dann wartete er wieder.

Ich hielt es nicht mehr aus.

»Ich laufe runter. Weiß Gott, was dort los war!« Und bevor er etwas sagen konnte, war ich schon aus dem Zimmer. Im Aufzug konnte ich nicht ruhig stehen, ich lief ins Erdgeschoß hinunter, nahm vier Stufen auf einmal. Als ich in die Montagehalle kam, packte mich die Lärmwelle der Motoren. Ich öffnete die Tür – sah in die Halle und erstarrte. Im violetten Licht der künstlichen Blitze erkannte ich, daß der schwarze gedrungene Kegel lebte. Er bewegte sich langsam, schwankend auf der Stelle, und seine Fühler führten ruhige, nicht zitternde Bewegungen aus, als beschwörten sie etwas oder beschrieben eine komplizierte Kurve. Die Luft war von Donner und Getöse erfüllt.

Eine Gruppe von Männern stand bei der Schalttafel: der große Lindsay, mit schweißüberströmtem Gesicht, in der Lederschürze, die Hand auf dem Ausschalthebel. Neben ihm stand der Professor, gleich hinter ihm Gedevani.

Ich schloß die Tür. Ich weiß nicht, ob mich der Marsianer bemerkte – jedenfalls streckte er die Fühler seitlich aus und hielt sie einige Minuten waagrecht. Dann führte er plötzlich zwei der Fühler zusammen, und ich sah die Funken, die zwischen den beiden Enden übersprangen. Dann lösten sich die Fühler auf den Seiten, fuhren in die Höhe und wirbelten in umgekehrter Richtung durch die Luft. Irgendwie beschrieb er den Abstellort der Walze. Wollte er damit etwas ausdrücken? Der Marsianer wiederholte unbeholfen die Bewegungen – wie eine Maschine –, aber er ist doch eine Maschine, ging es mir durch den Kopf.

Er ließ die Fühler sinken, dann hob er sie an und zeichnete waagrechte Kreise, manchmal so schnell, daß nur zwei undeutliche Walzen sichtbar wurden. Der Professor löste sich plötzlich von der Gruppe und ging durch die Seitentür hinaus. Ich stand wie angewurzelt da, mit weit aufgerissenen Augen. Der Marsianer wiederholte seine Bewegungen immer wieder und wurde immer schneller. Wieder vereinigte er zwei Fühler, schob sie auseinander und ließ durch den Zwischenraum zwischen den Fühlern knatternd schwache Funken überspringen.

In diesem Augenblick erschien der Professor. Klein und gebeugt ging er schnellen Schrittes und trug etwas in den ausgestreckten Händen. Er trug es geradewegs in die Mitte des Raumes. Wollte er seinem Leben mit Selbstmord ein Ende setzen? Ich sprang nach vorn, um ihn zurückzuhalten. Aber er beugte sich vor und ließ zwei Metallzylinder zu Boden rollen. Einer von ihnen sprang rollend immer weiter. Ich erkannte sie, es waren die Walzen aus dem Geschoß.

Ich hatte sie gestern gesehen: Einer hatte das schon beschriebene Pulver enthalten, in dem zweiten war der Mechanismus zur Verewigung der Gedanken. Der Professor stand jetzt aufgerichtet fünf Schritt von dem kleinen schwarzen Monstrum entfernt. Die Fühler hörten auf zu kreisen, neigten sich, und beide Zylinder schmiegten sich wie zusammengefügt ineinander. Der Kegel erstarrte – jetzt erhoben sich die Fühler, und im oberen Teil der Mütze fiel eine Klappe – die Fühler hoben sich noch höher empor – vielleicht entstand ein Loch in dem homogenen Metall –, ich weiß es nicht, aber beide Walzen verschwanden plötzlich, so schnell, daß ich einige Male mit den Augen zwinkern mußte. Es dauerte nicht einmal eine Sekunde – dann waren sie wieder draußen und rollten vorsichtig auf dem gesenkten Boden auf den Professor zu.

Es wirkte direkt lächerlich: eine Gruppe von Menschen, an einer Wand zusammengepfercht, und dieser metallische, bauchige Kegel, der Kegel zu spielen schien.

Lindsay schaltete auf ein Zeichen des Professors hin den Strom ab. Jetzt rauschte mir von der plötzlichen

Stille der Kopf. Der Professor griff gierig nach beiden
Walzen, trat an den Tisch, auf dem die Papierbögen
lagen, und begann den ersten Zylinder aufzudrehen.
Das feine metallische Pulver rieselte auf das Papier –
einige Bewegungen mit der Walze – und ich sah auf der
weißen Oberfläche deutlich die Karte vom Mars – und
daneben die der Erde, beide mit einem breiten Band
verbunden. Ich öffnete den Mund. »Das habe ich mir
doch gedacht!« stieß ich endlich hervor. Niemand sagte
auch nur ein Wort – unter der Zeichnung gruppierte sich
das Pulver zu einigen kleinen Zeichen, die Noten glichen. Der Professor öffnete den zweiten Zylinder und
ließ den Inhalt auf einen anderen Bogen rieseln. Die
Augen schienen uns aus den Höhlen zu fallen.

Vor dem weißen Hintergrund zeigte sich das Dreieck
mit drei Höhen, ein gleichschenkliges Dreieck, das mit
einem Kranz geheimnisvoller Zeichen umgeben war –
sie sahen mehr wie Ziffern als wie Buchstaben aus –
daneben waren undeutliche Konturen sichtbar. Ich betrachtete es genau. Aber ja, das war unser Labor, skizziert auf sonderbare Art, ohne Raumperspektive, ganz
tief, wie bei einem geometrischen Schnitt: in der Mitte
zwei Säulen und die Funkenkugel, aber ein zartes Zickzack, das den Funken darstellte, war mit rechteckigen
Beistrichen eingezeichnet.

»Soll das heißen, daß er nicht mit Strom gekitzelt
werden will?« unterbrach der Ingenieur als erster die
Stille und starrte auf die Zeichnung.

»Mir scheint, daß er die Rückgabe seiner Apparatur
zur Umwandlung der Atomenergie verlangt, und ich
füge hinzu, daß er ungeheuer höflich ist – denn ich weiß
nicht, ob ich mich an seiner Stelle nach einer solchen
Vivisektion so ruhig verhalten würde ... wenn ich
seine Möglichkeiten hätte.« Der Professor strahlte

förmlich. Jede Falte auf seinem Gesicht, das er seit drei Tagen nicht gewaschen hatte, strahlte Zufriedenheit aus, selbst die Lichter auf der Brille schienen lustig zu zwinkern. Er klopfte uns auf die Schulter, verschob, verstellte das Stativ, das für den Photoapparat vorbereitet war, und machte einige Aufnahmen von den Zeichnungen. Dann ließ er das Pulver vorsichtig in die Rohre zurückrieseln. Wir atmeten tief, wie nach einem langen Lauf.

»Ich denke, für heute ist es genug«, sagte der Professor. »Es ist schon elf, und wir haben seit mehr als zwei Nächten kein Auge zugemacht.«

»Gut, und was machen wir mit ihm? Das ist eine wichtige Frage. In der Aufregung haben wir das ganz vergessen. Fink behauptete, daß die Maschine ohne Strom unschädlich sei – und doch erhielt er einen Schlag.«

»Tatsächlich, was machen wir mit dem Aeranthropos?« sagte der Professor. »Eine scheußliche Sache. Er ist kein Versuchskaninchen.«

»Glauben Sie, daß er beleidigt ist, wenn wir ihn in die Stahlkammer stecken?« fragte der Doktor skeptisch.

»Sie würden sicher beleidigt sein«, antwortete der Professor. »Na also, der Anfang ist gemacht – jedenfalls weiß er bereits, daß wir keine Wilden sind. Also, in Gottes Namen, er soll hier sitzen bleiben.«

»Ich würde die Zentralbirne herausnehmen«, sagte der Doktor, und der vorsichtige Mr. Gedevani stimmte ihm zu.

»Aha, damit Sie ruhige Träume haben, was?« erwiderte der boshafte Alte. »Nichts dergleichen, mein Herr, es sei denn, Sie sitzen die ganze Nacht hier und gaffen durchs Fensterloch, ob die Lebenspulsation normal ist – denn im Falle ihres Zusammenfallens müßte

106

man ihm eine Injektion geben und sie wieder in den Kegel praktizieren.«

»Entschuldigen Sie«, mischte ich mich ein, »aber wenn es keinen Strom gibt, nimmt er keine Energie zur Speisung auf, denn seine energetische Atomapparatur wurde von Ingenieur Link demontiert.«

»Aha, demontiert, na gut, demontiert, denn warum liegt er oben verkehrt da, was? Es steht fest, daß diese rätselhafte Flüssigkeit für ihn von großer Bedeutung ist – vielleicht ist sie unentbehrlich – er soll also darin sitzen und seine Füße darin baden, und wir werden schaukeln.« Nach diesen Worten ging er zur Marmorschalttafel und begann die Bogenlampen der Reihe nach auszuschalten.

»Aber er kann vielleicht plötzlich, in der Nacht . . .«, stöhnte Mr. Gedevani.

»Schreien Sie ihm ins Ohr, daß er brav geworden ist«, sagte der unerbittliche Professor und fuhr fort, die Lampen zu löschen. Es blieb also nichts übrig, als den Saal zu verlassen. Als wir beim Aufzug alle zusammentrafen, sagte der Professor: »Meine Herren, wir haben uns jetzt ein Abendessen verdient, nicht wahr?«

»Gewiß«, stimmten wir im Chor zu.

»Nun denn, veranstalten wir ein lukullisches Abendmahl, wir werden nur kurz bei dem armen Fink reinsehen. Bitte rufen Sie Frazer, und Burke soll alles im Speisezimmer vorbereiten.«

Der Aufzug hielt, wir traten auf den Korridor hinaus. In meinem Zimmer schlief Ingenieur Fink einen fiebrigen, unruhigen Schlaf. Der Doktor prüfte seinen Puls, gab ihm eine Beruhigungsspritze und ließ alle gehen.

Im Speisezimmer brannten Kerzen, eine Idee des Professors. Ihr gelblicher sanfter Glanz beruhigte die Nerven.

107

Burke deckte den Tisch. Übrigens waren alle Speisen aus Dosen und wurden nur auf der elektrischen Platte gewärmt. Wir spürten also den Mangel eines Koches nicht.

Nach dem Abendessen begann der Professor seine Brotklümpchen zu drehen und sagte: »Meine Herren, endlich sind wir einen Schritt weitergekommen. Vielleicht hat unser Marsianer auf unsere Röntgentelegramme mit einer ähnlichen Strahlung reagiert. Ich wollte das lieber nicht aufzeichnen, obwohl ich in dem Saal ein paar empfindliche Geigerzähler mit automatischer Aufzeichnung hätte aufstellen können. Die Aufzeichnung wäre für uns ohnehin unverständlich, können wir doch nicht einmal den Inhalt der eigenen Enzephalogramme entziffern, geschweige denn die elektrische Sprache vom Mars. Der Versuch ist gelungen, wir können uns mit Bildern verständigen, wir versuchen irgendwelche Zeichen zu lernen, vielleicht ein Zeichenalphabet – oder vielleicht wird er uns etwas beibringen, was den Kontakt erleichtert. Jedenfalls hoffe ich, daß die schlimmsten Mißverständnisse vorbei sind. Lächeln Sie nicht, Doktor, so hinterlistig und ironisch, utinam bonus vates sim. Gibt es irgendwelche Vorschläge?«

»Ich denke«, sagte ich, »daß eines klar ist: seine lebende Substanz funktioniert annähernd – wenn es um die Wirkung geht und nicht um den Aufbau – wie unser Gehirn. Er ist sichtlich so konstruiert, daß er sozusagen nur den wesentlichen Inhalt der Phänomene aufnimmt, nicht aber ihre äußeren Nebenmerkmale – also die Stimme, das Licht sind genauso wichtig wie die energetischen Umwandlungen, wie die Strahlung, die Unterschiede in der Stromspannung. Andererseits ist die Anzahl der Bilder, die man auf diese Art übertragen kann, ziemlich beschränkt. Man kann lediglich Bilder konkreter Begriffe übertragen, und ich glaube nicht, daß all diese freundlichen, geneigten Stimmungen, von denen der Professor berichtete ...«

5. Kapitel

In dieser Nacht schlief ich einen bleischweren Schlaf. Ich kann mich nur dunkel erinnern, daß ich mich auf das Sofa warf, denn im Bett stöhnte leise der Ingenieur Fink, und im Schlummer versank wie in einer Gruft. Schwerer Donner weckte mich auf. Schlaftrunken sprang ich von der Liegestatt und eilte ans Fenster. Es war still, über dem Teich stieg eine leichte Wolke von Morgennebel auf. Hatte ich lediglich geträumt? Das war möglich. Ich zog mich schnell an, sah flüchtig nach dem noch immer schlafenden Fink und trat auf den Korridor. Er war still und leer. Ich spürte jetzt, daß der Boden leicht zitterte. Wieso, arbeiteten die Generatoren? Ich war etwas verärgert über die anderen, die mich nicht rechtzeitig geweckt hatten, sondern mit der Arbeit auf eigene Faust begannen. Wie sich zeigte, funktionierte der Aufzug nicht; offenkundig wurde die ganze Netzspannung gebraucht. Ich lief etwas beunruhigt die zwei Stockwerke ins Erdgeschoß hinunter und hörte und spürte unter den Füßen das immer stärker werdende Vibrieren der Mauern und der Luft. In der großen Montagehalle sah ich die ganze Gruppe an der Wand stehen. Ihnen gegenüber befand sich der kleine schwarze Kegel, der leicht von einer Seite auf die andere schwankte und mit ihnen plauderte. Es war gleichermaßen grausig und lächerlich. Der Professor winkte mir mit der Hand zu.

»Was gibt es Neues?« brüllte ich ihm ins Ohr, denn

anders konnte ich mich bei dem Gedröhn der Maschine nicht verständlich machen.

»Alles bestens, wir sprechen gerade mit Aeranthropos!« rief Frazer.

Sie sprachen mit ihm, und das Gespräch war recht sonderbar. Mit einem kleinen Projektor, einer Laterna magica, wurden Modelle oder Skizzen auf eine Wand geworfen, die der Professor in den Projektor einführte. Er machte es so schnell, daß ich nicht imstande war, die einzelnen Bilder zu unterscheiden, aber der Marsmensch schien sich nicht darüber zu ärgern. Es war mir irgendwie peinlich, daß ich nicht dazugehörte, ja überflüssig war, mit verschränkten Händen dastand, ohne etwas von dem zu verstehen, was sich rings um mich abspielte.

Plötzlich trat Stille ein. Wieder rollten zwei Metallwalzen auf den Fußboden, und der Professor begann das Pulver auf einen Bogen vorbereiteten Papiers zu schütten.

Es waren Geflechte verworrener Linien, ohne ersichtlichen Sinn, gerade und gekrümmte. Neben ihnen wieder diese sonderbaren Zeichen, die wie Noten aussahen. Hier wieder war etwas, was wie ein Modell des Planetensystems aussah, lange konzentrische Ellipsen, aber modifiziert und dicht mit geheimnisvollen Zeichen besprüht. Alle schwiegen und starrten diese sonderbaren Botschaften an. Endlich wagte Gedevani einen Vorstoß:

»Ich glaube, daß er sich schlecht fühlt – all das hat doch keinen Sinn – vielleicht ist er krank?«

Der Professor sah ihn an, als wollte er sagen: Sie sind es, der krank ist.

»Noch immer trennen uns Abgründe«, sagte er, »wir verstehen uns nicht, nein ...« Er ließ den Strom einschalten. Und als die Motoren heulten und dröhnten und ihre Arbeit unisono mit einer Baßstimme begannen, die die stählernen Verbindungen erschütterte, ertönten immer höhere Akkorde in dem Gewölbe, bis das Geräusch in den vibrierenden hohen Ton donnernder Macht überging. Und der Kegel zeigte wieder Leben, schaukelte und begann plötzlich zu gehen. Er ging ungelenk, irgendwie unsicher, bis ihn plötzlich die Kabel, die ihn mit den Generatoren verbanden, festhielten. Er war ihr Gefangener – und das kam mir sonderbar vor. Wollte er es so oder konnte er sich nicht von ihnen befreien? Unwillkürlich schien mir, daß ich auf seiner Seite war, nach seiner Befreiung trachtete, nach der Überschreitung der von uns gesetzten Grenzen. Ich weiß nicht, wie ich diesen sonderbaren Gedanken ausdrücken soll – es schien mir, daß mich etwas mit ihm verband. Mit wem? Diesem sonderbaren Gespenst aus einem irren Traum, einem Metallkegel mit einer gallertartigen leuchtenden Masse in Form einer Birne? Der Professor beleuchtete jetzt parallel eine Reihe von Gleichungen, die die Kommentare zu einem geometrischen Theorem waren. Diese Ziffern schienen die sicherste Sprache zu sein, mit der die Kluft, die uns trennte, überbrückt werden konnte. Ob es sicher war ...

Plötzlich fiel mir etwas Sonderbares auf. Bekanntlich hatte der Kegel drei Fühler. Während die beiden ruhig auf dem Beton lagen und sich nur ab und zu kurz erhoben, bohrte der dritte eifrig im Beton oder haftete fest daran. Der Metallzylinder führte mit seinem stumpfen Ende zielgerichtete, rasche Bewegungen aus. Es kam mir vor, als färbte sich der Beton rot, aber das war doch wohl unmöglich? Niemand außer mir konnte das sehen, denn der Kegel stand vor ihnen und verdeckte mit seinem Rumpf den hinteren Tentakel.

Aber ja, nun hob er den dritten Fühler, und an seinem Ende befand sich etwas Kleines, Schwarzes, Gezacktes.

»Professor!« brüllte ich. »Strom ausschalten, um Gottes willen, den Strom ausschalten!« Ich hatte begriffen, was der Aeranthropos vorhatte. Was für ein höllisches Gebilde! Sein ganzes Verhalten war eine Falle, eine satanische Diplomatie: Er benutzte unseren Strom nicht zur Verständigung, sondern um sich von uns unabhängig zu machen. Er bemühte sich, die Teile der Apparatur, egal aus welchem Material, abzumontieren, und er konnte doch zerstören, also konnte er mit Sicherheit auch etwas erschaffen.

»Strom ausschalten!« schrie ich. Jetzt sahen alle, wie sich der Fühler hob und in dem unteren Teil des Endes eine irreguläre Öffnung mit verschwommenen Rändern bildete, die den gezackten Mechanismus mit dem Fühler, der dort umherzuckte und sich eingrub, aufnahm. Lindsay sprang zur Tafel, rutschte aber aus. Anstatt den Strom auszuschalten, kippte er den Hebel in die entgegengesetzte Richtung, dort, wo der rote Blitz mit der Beschriftung war: Überlastung – Lebensgefahr!

Es donnerte. Eine Staubwolke hüllte den zitternden Kegel ein, von den Kabeln sprühten blaue Funken, auch aus dem Hauptschalter schossen mit lautem Zischen Funken, dann wurde alles still. Aber wer beschreibt mein Staunen und Grauen, als ich bemerkte, daß der Kegel weiterhin lebte und sich bewegte, daß er die beiden Kabel abgeschüttelt hatte wie zwei Strohbündel, und mit einer Berührung des schwarzen Endes des Fühlers auch die seinem mechanischen Herzen gegenüberliegende Öffnung schloß.

Der Kegel schien zu überlegen. Die Szenerie war ungewöhnlich: die plötzlich abgestorbenen Maschinen,

112

ohne Energie, die Menschen regungslos, wie in die Erde gestampft, mit weit aufgerissenen Augen, und da war dieser Kegel, dieser lustig anmutende Kegel, der umhertorkelte und sich bewegte und die Fühler drehte, als hätte er darüber nachgedacht, mit welcher Handlung er sein neuerlich freies Leben beginnen sollte. Mein Gehirn arbeitete fieberhaft. Was tun? Was tun? Ich bemerkte, daß in einer Ecke der Halle Gasgeschosse und ein Werfer standen. Jetzt war ich nicht mehr auf der Seite des Marsianers, o nein! Jetzt ging es ums Leben. Aber diese höllische tickende Bestie bewegte sich vorwärts, und wer wagte es, in die Reichweite der drei Meter langen Tentakel zu kommen? Wer streckt sich da nach vorn und, o Grauen – die Pyramide der Granaten zerfällt, verwandelt sich in eine vibrierende Staubsäule und verschwindet, als habe es sie nie gegeben. Noch waren die Staubspuren auf dem Boden sichtbar, auf dem sie gelegen hatten – die sich abzeichnenden Spuren der Kartuschen – das war alles. Und der knatternde Kegel schiebt sich über den Beton, zeichnet Kreise, nähert sich Gegenständen, nähert sich den Menschen. Sie ziehen sich zurück, der Rauch versperrt ihnen den Weg. Jetzt kommen sie zur Gruppe Frazer, Lindsay und Gedevani. Der Professor steht abseits, an der Leinwand.

»Flüchtet!« höre ich eine Stimme schreien – die Beine streben wie von selbst nach oben, er steht zwischen ihnen und der Tür, aber nicht zwischen ihnen und dir. »Flüchte! Du kannst ihnen doch nicht helfen – flüchte!«

Dann höre ich die ruhige Stimme des Professors: »Wir sind nicht irgendwelche x-beliebigen Gelehrten, sondern die irdische Delegation zur Verständigung mit dem Gast vom Mars. Muß ich es aussprechen, wie sich eine solche Delegation verhalten sollte?« Ich spüre die Röte im Gesicht. Ich stehe da und schaue – kraftlos.

Der Kegel nähert sich den dreien. Lindsay steht da, preßt die Lippen zusammen, mit blutleerem Gesicht, mit glühenden Augen, angespannten Muskeln. Man könnte ihn mit einer Karyatide vergleichen, die eine riesige Last trägt.

Auf einmal gellt ein Schrei durch den Saal. Es ist Gedevani. Der Fühler hat ihn berührt. Er schreit auf, der zweite Fühler nähert sich, und ich sehe den in der Luft hängenden Körper, die herumstrampelnden Füße, ein entsetzlicher Aufschrei – plötzliche Stille. Die Stille hallt in den Ohren wie ein Hammerschlag. Der Kegel zielt auf den Professor. Was ist mit Gedevani? Ach, der liegt an der Wand, flach wie ein Ballon, aus dem die Luft herausgelassen wurde. Der Kegel nähert sich dem Professor. Sie stehen einander jetzt gegenüber. Wie sonderbar blicken die Augen des alten Mannes. Wie er gewachsen scheint. Was passiert jetzt? Die Fühler hasten auf dem Boden umher, ich höre ihr rasselndes Klappern. Nun sind die Rollen vertauscht: die untersuchen wollten, stehen ohnmächtig an der Wand, in ihrer Kraftlosigkeit wirken sie dumm, sie zittern – sie zittern? Nein. Professor Widdletton kreuzt die Hände auf der Brust und blickt auf diese gewölbten leuchtenden Glasscheiben in der Hülle des Aeranthropos. Der Kegel bewegt sich vom Professor weg, plötzlich berührt ein Fühler den alten Mann, und dieser stürzt zu Boden, wie vom Blitz getroffen. Der Kegel achtet nicht darauf. Er geht auf mich zu, klopft mit den Fühlern, knallt mit den Klauen seiner Tentakel auf den Beton, so daß unter dem Untersatz Funken und Zementklümpchen sichtbar werden. Nun steht er vor mir – ein nie endenwollender Augenblick. Ich sehe alles wie im Nebel, nur dieser schwarze Kegel ist nahe, mit den sich windenden Fühlern . . .

Plötzlich schlug der Blitz ein.

Ich wurde irgendwohin geschleudert. Es heulte und pfiff wie ein Orkan. Wohin fliege ich? wunderte ich mich. Mein Körper wog nichts, aber ich wunderte mich nicht darüber. Es heulte immer noch dumpf. Plötzlich begann es wieder hell zu werden, als würde jemand eine große beschlagene Fensterscheibe, vor der ich stand, abwischen. Was war los?

Ich sah die Wüste. Sie zog sich kilometerlang dahin, graugelb, voller Geröll, von mächtigen Trichtern und Sanddünen unterbrochen, eine Wüste, über der ein gewaltiger, schrecklich tiefer, hellgrüner Himmel zu sehen war. Wie sonderbar dieser Himmel war! Er war irgendwie kleiner, aber er erhitzte sich ganz stark, stand hoch, selbst vor meinem Kopf. Die Wüste näherte sich mir. Flog ich? Wo waren meine Arme und Beine? Da war nichts. Da war nichts. Ich war überhaupt nicht da, nur die Augen oder auch das Gehirn. Aber ich sah es. Eine schwindelerregende Flugbahn näherte sich dem Boden. Plötzlich sah ich es. Unter mir, tief unten, zogen da irgendwo zwei gigantische Gitterwerke oder auch Stahltürme dahin, die tief in den Sand eingebettet waren.

Ich sank im Flug immer tiefer. Die Türme bewegten sich von allein – bewegten sich mit waagrechten, dünnen Armen, und am Ende dieser Arme befanden sich breite, leuchtende Scheiben. Und als sich diese Scheiben auf biegsamen Armen dem Boden näherten, brach der Sand ein, sank in sich zusammen, als hätte sich unter ihm eine plötzliche Leere aufgetan; er schrumpfte einfach vor den Augen zusammen. Lediglich die Reste wurden vom donnernden heißen Wüstenwind zerstäubt. So entstand ein Kanal von gigantischer Größe, der sich in grenzenlose Weiten erstreckte. Wozu diente dieser Kanal? Wie funktionierten diese Maschinen? Aber das ist unmöglich, sagte ich mir, wohin wird dieser ausgehobene Sand gebracht? Er verschwindet doch nicht einfach? Und wenn er verschwindet, wer lenkte dann die Maschine? Sie arbeitete langsam und rhythmisch und bildete bei jeder Bewegung der Arme eine mächtige regelmäßige Vertiefung in Form einer Wanne im Boden, mit einer Breite von einigen hundert Metern, vielleicht Kilometern? Der Wind brauste furchterregend.

Jetzt begann die Luft vor mir zu wirbeln. Sie verdichtete sich, wurde dunkler ... und verfestigte sich. O Gott! Es war ein schwerer Metallkegel, der in Tentakel auslief und langsam mit einer vibrierenden Bewegung niedersank, wie ein Blatt vom Baum. Er fiel schwarz und klein bei den Maschinen nieder und kroch unter sie. Nach einem Augenblick tauchte er wieder auf, hob die Tentakel an, ein gläserner Umriß schien rings um ihn anzuschwellen. Es wirbelte vor den Augen. Der schwarze Kegel verschwand in einem Sandwirbel. Wo war er geblieben? Ich strengte meine Augen nochmals an, als ich bemerkte, daß ich den Boden berührte, versank, weiter und weiter. Ich wollte schreien, aber Dunkelheit umgab mich. Ich atmete frei, aber wo waren meine Lungen? Mein Körper? War ich nur mit den Augen da? Hörte ich etwas? Ja, ich hörte ein rhythmisches, sehr fernes, gedämpftes Dröhnen. Bumm – und eine Pause – und wieder: bumm. Ein Licht glühte auf. Nein, es stimmte nicht, es war kein Licht, aber ich konnte sehen. Ich sah keine beleuchteten Gegenstände, aber ich wußte, daß sie da waren. Es war so wie das Gefühl von einem Blick, der einen in den Rücken trifft, nur tausendfach schwächer. Mich packte eine furchtbare

Angst. Ich spürte, daß rings um mich viele Gegenstände waren. Ich sah sie nicht, aber ich wußte, daß sie da waren. Wie in einem Alptraum, als könnte ich mich nicht mehr erinnern, ich verstand ihren Sinn und Zweck nicht. Da waren halbelliptische Hallen, riesige Hallen, in Dunkelheit getaucht, wo sich Reihen von Kegeln hin und her bewegten. Diese Kegel hielten alle die Tentakel in gleicher Weise, sie bildeten Schlingen auf einem Abstellgleis. Sie zogen und zogen aneinander vorbei und dann wieder in eine gemeinsame Richtung. Und ich ging auch in diese Richtung. Ich ging an irgendwelchen Apparaten vorbei, von denen ich spürte, daß sie da waren, als hätte ich sie gleichzeitig von oben, von der Seite und von vorn gesehen.

Mächtige Maschinen, doch ohne bewegliche Teile, nur verbunden durch die Teile der Drehgestänge, nur winzige Schatten, wirkten noch düsterer als Punkte der Dunkelheit, die sich auf den gewölbten Flächen bewegten. Das Dröhnen kam näher. Das Dröhnen wuchs an, wurde immer gewaltiger. Waren das die unterirdischen Korridore des Mars? Die einzelnen Gänge und halbelliptischen Hallen verbanden sich zu einer größer und breiter werdenden, lichtdurchfluteten Galerie. In ihnen bewegten sich immer wieder die Reihen der Kegel. Es war ungewöhnlich und doch verständlich. Und plötzlich ...

Ein Raum. Ein riesiges Feld, denn ich kann es nicht Halle nennen, etwas, was sich meilenweit erstreckte. Ein riesiger, geometrisch aufgebauter Raum. Ein langer, über zwei Kugeln hinausragender Zylinder mit stumpf gerundeter Spitze stand schräg auf einer sanften Anhöhe. Und Tausende und Abertausende bewegliche schwarze Kegel. Jetzt erkannte ich, daß die Decke ein halbrundes Gewölbe aus einer homogenen, schwach glänzenden metallischen Substanz war. In der Mitte der Spitze gähnte eine Öffnung, einem Trichter ähnlich, durch den die Sonne glänzte. Die Öffnung führte auf die Oberfläche des Planeten ... Plötzlich verspürte ich, wie eine Welle durch die versammelten Maschinen lief. Das Feld der Kegel erstarrte – auf dem Podium verdichtete sich ein Wirbel, und dort, wo vor einem Augenblick noch durchsichtige Luft gewesen war, zeigte sich der Aeranthropos. Er näherte sich dem Zylinder und verschmolz mit seinem Schatten. Ob er sich wieder verflüchtigte? Jetzt war es, als käme das Dröhnen aus mir selbst, aufdringlich, laut befehlend. Es kam mir vor, als solle ich seine Schläge zählen, ich weiß nicht, warum. Beim sechsundzwanzigsten fühlte ich einen leichten Stoß. Ich zitterte. Der Zylinder war nicht da. Nur ein aufgeblasenes leeres Podium und zwei Kugeln, nun etwas kleiner, waren zu sehen. Über den Köpfen der Kegel schwebte Rauch oder Nebel, der sich auflöste ... weiter sah ich nichts mehr. Einen kurzen Augenblick fühlte ich, daß ich fiel. Ich verspürte totale Dunkelheit, als befände ich mich im Inneren eines senkrechten Rohres, das langsam versinkt, wie ein Öltropfen in Alkohol. Ich fiel bis zum Niveau einer tief gewölbten Halle mit leicht gerilltem Fußboden. Alles erlosch. Irgendeine Kraft zwang mich, in die Höhe zu blicken: über meinem Kopf tat sich eine rote Kluft auf. In ihrer Tiefe leuchtete das Sternenmeer der Milchstraße. Vor diesem Hintergrund huschte ein langes dunkles Geschoß mit stumpfer Spitze dahin, das hinten eine blasse, fächerförmige Flamme ausstieß. Das Geschoß fiel. Eine sich drehende Planetenscheibe näherte sich ihm, zuerst klein, dann sich vor den Augen ausdehnend, mächtig anwachsend. Die Leinwand verschwand, die Planetenscheibe füllte schon das ganze Gesichtsfeld aus, das Geschoß war ein winziges, leuchtendes Klümpchen, und der schrecklich große, grauschwarze Planet dehnte sich über den halben Horizont aus, der an den Rändern mit Sternen übersät war. Wie ein dichter, bodenloser Wirbel kam er dem Geschoß entgegen.

Dann spürte ich einen Schlag. Es schien mir, daß er leicht war; ohne etwas zu erkennen, hörte ich ein Knarren und Donnern, eine grausame Hitze hüllte mich ein, und ich verlor das Bewußtsein.

Ich öffnete die Augen. Es war völlig dunkel, und der Kopf tat mir entsetzlich weh.

Was war los? Ich tastete mit den Händen umher. Beton. Was war das? Beton – und das? Ein Kabel. Es war die Montagehalle. Aber wieso war ich hier? Ich öffnete die Augen: »Hallo! Hallo! Professor!« Stille.

»Mr. Lindsay!«

Stille.

»Mr. Frazer! Hallo, ich bin es. McMoor.«

Stille. Die Kehle tat mir weh, und der Kopf war buchstäblich zersprungen. Was war los? Es war ein Experiment, dann riß sich der Kegel, ach ja, der Kegel, los – und dann? War das ein Traum? Und wo steckten alle? Ich begann mich zu bewegen. Ich richtete mich auf, auf die Knie, dann auf die Füße, ich fuhr mit der Hand die Wand entlang, denn ich war sehr schwach.

Wo war ich? War ich bei der Hauptsäule umgefallen? Wenn ja, dann war ich wohl in der Nähe, denn drei Schritte weiter befanden sich die Kontakte für die Lampen. Es war völlig dunkel – ich rieb mir mühsam die Augen: nicht einmal die Hand vor den Augen war zu sehen. Da waren die Kontakte – ich kehrte um – Stille und Dunkelheit. Ach ja, die Sicherungen waren durchgebrannt, also gab es keinen Strom. Wo waren die anderen? Ich wühlte in den Taschen. Nur das Benzinfeuerzeug. Der Stein knatterte – das Benzinflämmchen erhellte ein kleines Umfeld. Die Halle war leer, oder? Das Licht erlosch – ein riesiger häßlicher Schatten hüpfte an den Wänden entlang.

Was für ein dunkles Ungeheuer, das dort vielleicht ...

Es war Gedevani. Er lag auf dem Rücken, wie er hingefallen war. Ich sprang zu ihm hin, rüttelte ihn. Neben ihm lagen Frazer und Lindsay. Sie lagen nebeneinander, die Gesichter einander zugekehrt. Frazer hielt sich den Oberarm, drückte ihn ans Gesicht, als wolle er sich vor Schlägen schützen. Ich zerrte Gedevani an den Aufschlägen seiner Jacke. Er gab ein leises Stöhnen von sich.

Er lebte. Gott sei Dank! Ich sprang zu den anderen. Die Herzen schlugen, wie ich feststellen konnte.

Aber wo war der Professor? Ich konnte ihn nicht finden. Die Hände brannten mir schon vom Reiben des Feuerzeugs, dann begann der Docht zu zischen und brannte wieder.

»Herr Professor!« brüllte ich. Der alte Mann lag über der Leitung auf der anderen Seite, dort wo er hingefallen war. Ja, ja, er lag vor der Leinwand. Ich zerrte ihn am Arm und fiel rücklings um. Die Flamme erlosch, glänzte noch einen kurzen Augenblick als roter Funken in der Dunkelheit, dann brach die Finsternis herein.

Ich betastete seinen Stoppelbart – atmete er noch? Es schien mir, daß er noch nicht kalt war. Das Herz? Ach ja, es schlug. Sehr schwach und langsam, aber es schlug.

Ich lief fort, stolperte bei der Tür, schlug mit dem Kopf gegen ein unsichtbares Hindernis, hatte Sterne vor den Augen – zum Teufel! – und stürzte auf den Korridor hinaus.

Überall Dunkelheit. Ich lief hinauf. In der kleinen

Montagehalle waren die Akkumulatoren, eine Taschenlampe. Aber wo war der Doktor? Vielleicht war Fink zu
sich gekommen.

Ich stürzte in mein Zimmer.

»Mr. Fink!« rief ich. Stille. Ich tastete über das Bett –
es war leer. War Fink aufgestanden?

Ich verstand das alles nicht. Ich lief wie wahnsinnig
auf den Korridor hinaus. Überall Dunkelheit – ich tastete mich mit der Handfläche die Wand entlang, fast
laufend – dort war die Tür zur Montagehalle. Ich öffnete sie und erstarrte. In der Mitte der Halle war ein
Podest, auf dem der Aeranthrop stand und mit den Ten-
takeln eine große Metallkugel berührte, die im Licht der
Scheinwerfer leuchtete. Aber nicht das brachte mich
auf. Denn neben dem Marsianer stand Fink im Pyjama,
blaß, die linke Hand bandagiert, und schien dem Aeranthrop bei der Befestigung eines Stahlbandes an etwas
Großem und Schwarzem, das sich unter dem Podest
befand, zu helfen.

»Mr. Fink!« rief ich, aber meine Stimme klang heiser.
»Herr Ingenieur!«

Er wandte sich nicht um. Langsam, mit der ihm eigenen Sorgfalt, zog er eine Schraube fest.

Ich erschrak. Ich fürchtete ihn mehr als den Marsianer. Der Kegel schien mich zu beobachten, aber das war
wohl nur eine Täuschung. Der Kegel knatterte plötzlich
los, als hätte er mich gesehen. Eine furchtbare Sache.
Als der Kegel meine Anwesenheit bemerkte, wurde
auch Fink aufmerksam. Er sah mich an, aber sein Ausdruck war fremd und leer, obwohl er mich kannte. Fink
beugte sich vor und drehte, ohne mich weiter zu beachten, wieder an der Schraube.

»Herr Ingenieur«, brüllte ich, denn mir war alles egal.
Angst hin, Angst her – mich packte der Zorn. »Was

machen Sie mit diesem gottverdammten eisernen Balg? Sind Sie verrückt geworden?«

Fink rührte sich nicht vom Fleck. Dafür wandte der Kegel mir einen Tentakel zu.

Da sprang ich wie ein Blitz hinter die Tür, knallte sie fest zu und flüchtete hinunter.

Hatte er mich beschimpft? Ich weiß es nicht. Ich stürzte in den großen Saal im Erdgeschoß und begann Gummistücke, Zelluloid und Papier zu sammeln, dann zündete ich die Stücke mit meinem Feuerzeug an. In ihrem schwachen Licht fand ich den Akkumulator. Dieser lieferte mir den Strom für einen Hilfsscheinwerfer. Endlich hatte ich Licht. Ich beschäftigte mich nun mit den Menschen, die so willenlos dalagen, wie ich sie zurückgelassen hatte. Angst packte mich. Waren sie so übergeschnappt wie Fink? Was war los – war er von dem Stromstoß verrückt geworden?

Als erster erwachte Frazer. Er stöhnte laut und begann sich zu übergeben. Gedevani lag noch lange bewußtlos da – inzwischen öffnete Lindsay die Augen. Die meisten Sorgen machte mir der Professor. Ich begann vorsichtig mit künstlicher Beatmung, um ihm nicht versehentlich die Rippen zu brechen, und verfluchte die Abwesenheit des Doktors. Andererseits fürchtete ich mich, sie allein zu lassen, denn ich wußte nicht, was diese verfluchte Maschine im zweiten Stock mit dem Ingenieur machte.

Schließlich hoben sich die Lider in dem bleichen, eingesunkenen Gesicht, und mein Blick begegnete dem leuchtenden, dunklen Blick des alten Wissenschaftlers. Eine kurze Weile schaute er mich an, dann schloß er die Augen, bis ich erschrak und ihn aus lauter Besorgnis vielleicht etwas zu heftig schüttelte.

»Vorsicht, Mr. McMoor – ich lebe noch, trotz Ihrer

Bemühungen.« Ein schwaches Geflüster drang zu mir, und der blasse Schatten eines Lächelns huschte über das Gesicht des alten Mannes. Ich stand auf, setzte ihn auf und holte Wasser aus einem Behälter. Bald war er imstande zu sprechen.

Seine ersten Worte waren: »Haben Sie auch den Mars gesehen?«

Ich muß dumm dreingeschaut haben, denn ungeduldig fügte er hinzu: »Nun, stellen Sie sich doch nicht dümmer als Sie sind. Haben Sie nichts gesehen? Wenn Sie wollen – haben Sie geträumt?«

»Ach das!« rief ich. »Ich habe entweder geträumt oder hatte eine derartige Halluzination . . .«

»Darüber später«, sagte der Professor. »Ich glaube, ich kann aufstehen. Fürs Erzählen ist ein andermal Zeit, wie sich Gedevani auszudrücken pflegt. Was macht er, was machen die übrigen?«

»Alle sind am Leben.«

Frazer kam auf uns zu, stöhnend, mit grünem Gesicht. »Professor, Gott sei Dank, Sie leben . . .«

Lindsay stand an eine Säule gelehnt und wischte sich mit dem Taschentuch über die Stirn. »Ja, wir leben, aber mir ist schwindlig . . .«

»Was ist mit dem Aeranthrop geschehen?« fragte der Professor. »Solange wir noch atmen, ist das wichtig. Nach dem Tode werde ich mich wohl nicht mehr um ihn kümmern«, fügte er mit schwachem Lächeln hinzu.

»Professor, er ist voll Hinterlist! Das eiserne Viech befindet sich in der kleinen Montagehalle.«

»Was! Woher wissen Sie das?« Die Männer wurden sogleich munter. Sogar Gedevani bemühte sich, auf die Beine zu kommen.

»Ich war dort . . . bitte glauben Sie mir . . . obwohl sich die entsetzlichsten Dinge abgespielt haben – aber

Gott vergebe mir, ich schwöre, ich sah dort im Schein der Ersatzlampen, daß Fink an dem Marsianer arbeitete.«

»Wollen Sie sagen, daß es ihm gelungen ist, ihn unschädlich zu machen?« fragte der Professor schnell.

»Nein, ich will das sagen, was ich gerade ausspreche: Ich habe gesehen, wie Fink unter Anleitung des Aeranthropos arbeitet. Ich rief ihn beim Namen ... ich fragte ihn etwas, aber er antwortete nicht.«

»Vielleicht war es nicht Fink?« fragte Gedevani.

Ich erwiderte ungeduldig: »Nein, es war meine Tante. Herr Professor, glauben Sie mir?«

»Ich glaube Ihnen, aber ich bin ein alter Esel ... das ist unsere Schuld. Nicht Ihre«, fügte er hinzu, ohne den Kopf zu heben, denn ich sah ihn verwundert an. »Sie dachten als einziger von uns praktisch – und wir wollten das Spiel mit Experimenten. Also: Ein Lamm einfangen, fesseln und so weiter, auf den Operationstisch bringen. Da haben Sie das Lamm!«

Er hielt inne und schlug mit der Faust gegen die Säule, bei der wir standen.

»Überlegen wir jetzt, was zu tun ist – gibt es hier eine Sitzgelegenheit?« Einige dreibeinige Hocker waren da. Der Professor ließ sich nieder und verzog das Gesicht.

»Da gibt es nichts zu überlegen – es ist das Ende. Wir müssen Burke suchen, er soll einen Wagen bereitstellen. Ich fahre«, sagte Gedevani, dem wieder übel geworden war.

»Ich entziehe Ihnen das Wort«, sagte der Professor, ganz der alte. »Wir werden nicht über den Modus der Flucht beraten, sondern darüber, was weiter zu tun ist – mit ihm. Ach, noch eines: Wo ist der Doktor?«

»Ich habe ihn heute nicht gesehen. Wo war er am Morgen?«

»Er sollte bei Ihnen vorbeischauen, und dann wollte er im Labor ein Experiment mit der Zentralflüssigkeit durchführen«, sagte Frazer.

»Ich bitte Sie« – der Professor verzog das Gesicht. »Wir haben keine Zeit für Gefasel und Unfug. Gibt es noch Gasgranaten?«

»Sie sind unten, aber ich weiß nicht, ob er sie nicht zerstört hat«, erwiderte ich. »Als wir sie mitnahmen, blieben noch gut dreißig Stück zurück. Wir können gehen, denn es scheint, daß der Marsianer Fink nicht freigibt.«

»Meine Herren«, sagte der Professor, »wenn Ihnen meine Anordnungen auch sonderbar erscheinen mögen, so verfüge ich doch folgendes: Bitte, holen Sie die Gasgeschosse, laden Sie die Werfer und richten Sie sie gegen die Tür. Wir werden hier mit den Gasmasken sitzen, und jeder wird schildern, was er während seiner Ohnmacht gesehen hat. Vielleicht hilft uns das etwas. Was mich angeht, so weiß ich sicherlich mehr, als ich wissen möchte. Ist jemand dagegen?«

Es gab keinen Einspruch. Ich folgte Lindsay, der sich von uns allen am besten auskannte. Fünfzehn Minuten später betraten wir wieder den Saal, schwer beladen mit den Raketen. Die Läufe der Raketenwerfer waren auf die Tür gerichtet, unsere Hände lagen an den Abzügen.

»Ich bin überzeugt, daß er uns noch in den Schoß der Urväter befördern kann, bevor sich die Vergiftung auswirkt«, rief der Professor. »Es möge sich niemand Illusionen hingeben. Illusionen sind nur gelegentlich von Nutzen, außerdem handelt ein Mensch ohne Illusionen viel mutiger. Und jetzt soll jemand bitte hinauf zum Doktor laufen – aber vermeiden Sie es, in die Nähe des kleinen Saals zu kommen.«

Ich ging hinauf. Im Labor jedoch war es dunkel. Vergebens suchte und rief ich. Ich kehrte ergebnislos zurück.

»Sonderbar«, sagte der Professor. »Nun, zuerst müssen wir uns orientieren, ehe wir zu handeln beginnen können. Ich möchte von Ihnen etwas hören: McMoor, Sie erzählen als erster, was Sie in der Halluzination, wie Sie es nannten, gesehen haben.«

Ich begann zu sprechen. Als ich fertig war, herrschte kurze Zeit Stille.

»Ja, im Prinzip kenne ich diese Gefühle, ja.« Der Professor rückte seine Brille zurecht. »Ich habe ähnliche Dinge erlebt, wenn auch um vieles detaillierter. Welche Schlüsse ziehen Sie?«

Mir ging ein Licht auf. »Ich glaube, es war die Szene des Abschusses einer Rakete vom Mars zur Erde und dann ihr Weg durch den interplanetaren Weltraum ... Das übrige – nun ja, es handelt sich, hm, um die Gebräuche und Sitten auf dem Mars, technische Einrichtungen ...«

»Sehr gut.« Der Professor sprach, als lobe er einen Schüler für eine treffliche Antwort. »Sie sind ein aufgeweckter Bursche, McMoor ... Als Sie begannen, von Traum und Halluzination zu faseln, fürchtete ich, ehrlich gesagt, Sie seien auf den Kopf gefallen ... das ist, hm ... ich stamme aus Schottland«, bemerkte er, als er sah, daß ich wieder strahlte. »Wir haben jetzt keine Zeit, uns als Landsleute zu begrüßen. Also, ich glaube, daß er uns mit seinem Fühler berührte und unsere Gehirne mit einer bestimmten energetischen Ladung zu einer Tätigkeit bewegte, die er hervorzurufen wünschte.«

»Wozu dann diese Komödie mit den Zylindern, dem magischen Pulver?« fragte Frazer.

»Klare Sache. Als sie den Mars verließen, wußten sie

nicht, glaube ich, wen sie hier auf der Erde antreffen würden, nicht wahr? So rüstete er sich für jeden Fall aus, und hier benahm er sich so, wie wir es wollten … solange er mußte, das heißt, solange er sich nicht an unsere Atmosphäre angepaßt und die ihm von uns zugefügten Schäden behoben hatte. Meine grenzenlose Dummheit ausnutzte …«

»Herr Professor«, unterbrach ich ihn, »ich bin nicht der Meinung …«

»Meine grenzenlose Dummheit, ich wiederhole es«, der alte Mann nickte, »benutzte er dazu, sich von uns unabhängig zu machen, während ich in kindlicher Naivität mit dem Alphabet spielte oder ihm das ABC der Geometrie beibrachte. Ich möchte den Doktor mit seinem System der Elemente hier haben«, fügte er verärgert hinzu. »Er hat mich zu dieser Posse überredet … nun ja, lassen wir das, aber gegen Dummheit ist kein Kraut gewachsen.«

»Herr Professor«, sagte Frazer, »wenn wir anders begonnen hätten, dann hätte er die Zeit ebenfalls genutzt, als er unseren Strom zur Verfügung hatte – dafür genügten ihm ein paar Sekunden. Schildern Sie lieber, was Sie gesehen haben.«

»Was ich gesehen habe? Wenn wir das nur zu schildern wüßten, damit es lustig wird, würde ich nichts sagen, denn mein Kopf, teure Freunde, ist jetzt leer. Wenngleich ich mich nicht geschlagen gebe«, fügte er mit blitzenden Augen hinzu. »Für mich ist Nachgeben gleichbedeutend mit Sterben.«

Und er zog so stark am Abzug des Werfers, daß Gedevani aufsprang.

»Ich habe die Marsscheibe gesehen, genau wie ihr, meine Lieben«, sagte Widdletton. »Ich war auf seiner Oberfläche. Jetzt ist nicht die Zeit, sich in Einzelheiten zu verlieren – ich habe die Maschinen zur Energieumwandlung gesehen, ich habe gesehen, wie sie sich von Ort zu Ort bewegten.«

»Na also«, fragte ich neugierig. »Und wie geschieht das?«

»Sie haben nur ein Stadium des Prozesses gesehen und haben ihn nicht richtig verstanden. Ein Aeranthrop betritt eine Art Kammer aus einer durchsichtigen Substanz und wird darin in Atome zerstäubt. Und genau der gleiche Aeranthrop wird im selben oder nächsten Augenblick in beliebiger Entfernung materialisiert. Bedingung ist, daß am Empfangsort eine entsprechende Temperatur herrscht. Diese Türme zum Beispiel, die die Kanäle graben, dienen auch als entsprechende Empfänger.«

»Ach ja«, rief ich, »sie sind wirklich auf diese Art erschienen und verschwunden ... aber wie geschieht das?«

»Ich weiß es nicht. Es gibt zwei Möglichkeiten: entweder werden die Atome getrennt durch den Raum übertragen, oder, wie ich meine, verursacht der Verlust an Energie und Materie an einem Ort des Weltalls an einem anderen Punkt, der mit dem ersten korrespondiert, daß die gleiche Konfiguration von Atomen und Molekülen entsteht – gleich bis ins letzte Klümpchen.«

»Und wozu dienen diese Kanäle, wissen Sie das nicht, Herr Professor?« fragte ich. »Bei ihrer technischen Vollkommenheit wäre es ein lächerlicher Gedanke, daß sie den Boden bebauen und bewässern müßten. Überhaupt sah ich auf der Oberfläche nichts außer Sand, nur darunter ... oben liegt eine weite Wüste.«

Der Professor lächelte sonderbar.

»Nicht ganz, lieber McMoor, nicht ganz ... Es gibt dort herrliche Gegenden, Wälder, deren Bäume pur-

purrote Blätter tragen, Vertiefungen im Boden, die mit schwarzem Salzwasser gefüllt sind ... an den Ufern wimmeln Myriaden von Insekten, die mit selbstgefertigten Werkzeugen ausgerüstet sind ... mit Hörnern, Kiefern, sogar einer Art Geschosse, es gibt welche, die einen vergifteten Stachel bis zu einer gewissen Entfernung schleudern ... im Wasser ziehen die leuchtenden und fluoreszierenden Schatten anderer Tiere dahin ... Aber all dies Leben sucht sein Heil in der Flucht, versteckt sich, stirbt unter den Steinen, auf dem Boden, in der Luft, wenn sich der Herrscher des Mars, ein Aeranthropos nähert.«

»Also, sie beherrschen auch die Oberfläche des Planeten, sie unterdrücken andere Tiere und rotten sie aus?«

»Wieso auch?« fragte der Professor. »Oder könnten wir zum Beispiel die Insekten vertilgen? Für unsere Mittel wäre das kinderleicht ... oh, sie können töten, aber sie haben wichtigere Dinge zu überlegen in ihren eisernen Hüllen ...«

Und auf unseren verwunderten Blick fügte er hinzu: »Nun, sie haben diese Dinge nicht im Kopf, weil sie kopflos sind ... Aber unterbrechen Sie mich nicht. Nun ist das trotz allem ein schrecklich trauriges Land, weil ich überhaupt kein Ziel ihres Wirkens erkennen konnte. Selbstverständlich konnte ich eine Zeitlang selbsttätige Maschinen bewundern, manchmal einen Aeranthrop, der aus beträchtlicher Entfernung ein Felsstück zerstörte oder umgekehrt Materie aus dem Nichts herbeizauberte ... Ich sah diese elliptischen Hallen, diese unterirdischen Räume, wo nichts zu sehen, aber alles mit den wunderbaren Sinnen zu spüren ist, aber ich verstand nicht das Ziel ihres Wirkens, sondern wurde nur mit erstaunlichen Einzelheiten überladen. Kennen sie menschliche Instinkte? Fühlen sie? Lieben sie? Hassen sie? Warum kam der eine, der uns so erstaunte, zur Erde? McMoor, haben Sie sich das in Ihren Visionen überlegt?«

»Nein, ich muß zugeben, daß ich zu betäubt war, Herr Professor.«

»Es war furchtbar ... ich wollte mich von dieser entsetzlichen Fremdheit nicht besiegen lassen, die mich als Menschen erstaunte, als Gelehrten, schließlich als Repräsentanten der Erde. Ich wollte das als solches sehen, und außerdem ... Es war ungeheuer schwierig, weil mir viele Erscheinungen unverständlich waren. Wie leben sie? fragte ich mich. Gut, ich sah, wie sie sich lautlos von einem Ort an einen anderen versetzten. Ich dachte mir, vielleicht sehe ich nur einen Teil der Erscheinungen. Mit dieser marsianischen Sicht warf er mich zu Boden, denn er konnte mir keine neuen Quellen der Wahrnehmung verleihen. Da wir gleichsam in der Dunkelheit sahen, faßte ich es als eine Art Impuls auf, mit dem er meine Gehirnrinde bei geschlossenen Augen anregte – wie im Traum etwa. Aber ich dachte mir, vielleicht werden diese infraroten Wellen als Lustgefühl empfunden. Oder als kosmische Strahlen. Ich meine, wenn der Begriff der Lächerlichkeit dem Marsianer zugänglich ist, dann müßte für ihn der Anblick eines rauchenden Menschen ebenso lächerlich sein wie der eines Menschen, der Aas frißt, das mit Leichensoße übergossen und in schmutzigem Wasser gekocht wurde. Oder auch diese Futterale aus Esels- oder Kuhhaut für die Füße, oder jene zusammengerollten, zugeschnittenen, gesteppten und genähten Säcke, die vorne aufgeschnitten sind, mit Röhren für Arme und Beine, unsere Kleider nämlich ... und so weiter und so weiter. Mathematik, ja, und Technik, aber diese Albernheiten? Diese tägli-

chen Vergnügungen wie Wodka, na ja, und das Frauen-
problem, das heißt, das Geschlechterproblem überhaupt?«

»Haben Sie die Absicht, uns noch lange auf die Folter
zu spannen?« sagte Lindsay. »Herr Professor, bitte antworten Sie auf diese Unzahl von Fragen.«

»Meine Lieben, denkt ja nicht, ich hätte vergessen,
daß unser Freund Ingenieur Fink im zweiten Stock sitzt
und die Befehle des Aeranthropos, der etwas vorhat,
ausführen soll ... ich weiß nicht, ob gegen uns oder
gegen die Menschheit? Was sollen wir tun?«

»Das ganze Gebäude in die Luft sprengen«, rief Frazer plötzlich. »Die Minen wurden vorgestern unter dem
Fundament angebracht – der Zünder wird auf Anord-
nung des Professors nicht mit Netzstrom gespeist, sondern aus den Akkumulatoren.«

»Bitte sehr, ohne mich, oder soll man sich vielleicht in
die Luft blasen lassen, weil der Herr Professor den
Heldentod sterben will?« rief Gedevani. Mir schien, daß
er vor Zorn bebte.

»Beruhigen Sie sich. Setzen Sie sich.« Der Professor
lächelte. »Das bleibt uns als letzter Ausweg. Wir sind
dem Schalter nahe, und wenn ich ihn auch nicht eine
Minute vergaß, danke ich Ihnen doch, Frazer. Ich hatte
doch im kritischen Augenblick den Finger darauf, als
mich der Marsianer ... fixierte – bevor er uns mit einer
Berührung auf den Mars beförderte.«

»Wie?!« schrien wir, und ich fügte hinzu: »Herr Professor! Und Sie haben nicht auf den Knopf gedrückt?
Ich hätte es getan, so wahr ich ein Schotte bin!«

»Und ich habe abgewartet«, sagte der Professor,
»und dachte mir: Wozu sollte er uns töten? Was hat er
davon? Und ich wußte schon, daß das ein teuflisch klu-
ges Viech ist. Deswegen paßte es einfach nicht dazu, uns

131

zu töten, denn es ergibt keinen Nutzen für sie. Wir konnten ihm nicht mehr schaden, und reine Mordlust ...? Leider glaube ich, daß die nur dem Menschen eigen ist«, fügte er leiser hinzu. »Ich wollte diesen Becher bis zur Neige leeren – und ich bereue es nicht. Ich weiß nicht, vielleicht ist unser Gast mit dem unglücklichen Fink dabei, Apparate zur Vernichtung der Welt zu konstruieren – vielleicht wollen sie uns erdrosseln, um die Erde zu kolonisieren, vielleicht verfügen sie schon über zu wenig Platz?«

Ich stand auf:

»So, und wir sitzen hier untätig herum? Solange er noch einen Finger rühren kann ...«

»Setzen Sie sich, setzen Sie sich! Warum haben Sie am Morgen keinen Finger gerührt?« sagte der Professor. »Es tut mir leid, er ist eben stärker als wir. Haben Sie bemerkt, daß für ihn die Zeit etwas anderes ist als für uns? Wie ich festgestellt habe, brauchte er keine ganze Sekunde für die Aufzeichnung zweier Metallzylinder ... aber das ist noch gar nichts. Durch eine Berührung mit seinem Fühler, die vielleicht den Bruchteil einer Sekunde oder nur einige Mikrosekunden dauerte, versetzte er uns in den erstaunlichen Zustand des Traumes oder der Vision, deren Inhalt, ich bin sicher ... unsere Gedanken, meine Herren, bewegen sich schneckengleich – begreifen Sie nicht, daß selbst bei sonst gleichen Bedingungen, wenn wir nur eine Wahrheit aufnehmen, er in dieser Zeit Abertausende aufzunehmen imstande ist?«

»Sie haben recht, Herr Professor«, sagte ich. »Er *ist* stärker. Also reden Sie, antworten Sie auf die Fragen, die Sie selbst gestellt haben.«

»Meine Freunde«, sagte Widdletton, »es fällt mir furchtbar schwer. Wie leicht ist es, etwas zu zerstören, und wie schwer ist es, etwas wiedergutzumachen. Es gibt verschiedene Wahrheiten: schöpferische, aber das sind, ach! herzzerreißende. Deshalb schwanke ich ...«

»Was sagen Sie? Ich verstehe Sie nicht. Oder verbergen Sie etwas Schreckliches vor uns? Vielleicht leben sie von Blut oder schlachten sich gegenseitig ab oder sie fressen einander«, sagte ich. »Machen Sie einen mutigen Schnitt, Professor, wir kennen das ... was kann uns unter irdischen Bedingungen denn erschrecken? Das ist lächerlich.«

»Nein, mein Freund, es ist entsetzlich«, sagte der Professor, »denn was ich gesehen habe, hat all meine Vorstellungen zerstört. Er sieht genauso aus wie vorher, nicht wahr? Äußerlich unterscheide ich mich von euch. Ich weiß schon, welches Ziel und welchen Sinn das Leben hat.« Er zögerte. »Ich war in der südlichen Hemisphäre des Mars«, sagte er. »War noch jemand in der südlichen Hemisphäre?« fügte er sehr laut hinzu.

»Ich habe das gleiche gesehen wie McMoor«, sagte Frazer.

»Ich auch«, fügte Lindsay hinzu, »ich sah ein Kanalnetz, das mit einer Flüssigkeit gefüllt war, und die Maschinen. Sprechen Sie, Professor, sprechen Sie ...«

Der alte Mann beugte sich nach vorn, sein Gesicht wurde bleich. »Ja, ich war in der südlichen Hemisphäre«, sagte er mit so sonderbarer Stimme, daß es mir kalt über den Rücken lief.

»Und was haben Sie dort gesehen?«

Der Professor setzte zu sprechen an.

In diesem Augenblick ging die Tür auf, und eine Gestalt stürzte in den Saal, eine torkelnde, bebende Gestalt, die nach einigen Schritten zu Boden fiel.

»Doktor«, rief ich, »Doktor!«

Er lag ohnmächtig da. Aus seiner zerschnittenen Stirn

rann das Blut und zeichnete einen dunklen Streifen auf den verwaschenen Betonboden.

Wir versuchten ihn ins Bewußtsein zurückzurufen. Ich zog sein Etui mit den Ampullen heraus – alle waren zerbrochen. Er atmete flach, röchelnd ... es war merkwürdig, daß er es aus eigener Kraft bis zur Halle geschafft hatte.

»Wo ist Burke?« fragte jemand. Niemand antwortete. Der Doktor schlug die Augen auf und stöhnte. Aus seinem Mund rann ein bißchen Blut.

»Er hat innere Blutungen«, sagte ich erschreckt. »Professor!«

Der Professor stand unbeweglich da. »Ich bin nicht allmächtig, McMoor, ich bin nicht allmächtig ... ich fürchte, unser Freund stirbt.« Der Atem des Doktors stockte immer wieder. Ich öffnete sein Hemd und bemerkte schreckliche blutunterlaufene Stellen auf der Brust.

»Jemand wollte ihn erdrücken«, rief ich, »er hat gebrochene Rippen.«

Der Doktor schlug zum zweiten Mal die Augen auf, ein Moment der Wachheit glänzte darin. Er öffnete den Mund, wieder rann ihm ein Blutfaden über den Bart auf die Hemdbrust. »Freunde ...«, flüsterte der Doktor und machte eine Bewegung, als wolle er aufstehen.

»Er will sprechen – Sie dürfen sich nicht anstrengen – strengen Sie sich nicht an!« rief ich, aber er schaute mich so an, daß ich ihn selbst aufhob und vorsichtig seinen Kopf hielt. Er begann zu flüstern, mit Unterbrechungen, die durch die immer stärker werdende Blutung hervorgerufen wurden.

»Sprengen ... alles sprengen ...«, röchelte er, »ihn zerstören – schon in einem Augenblick kann es zu spät sein ...«

»Was ist los? Was ist mit Ihnen geschehen?« fragten die anderen durcheinander.

»Es ist Fink ..., es ist Fink ... ich habe es gesehen, ich habe es gesehen ...«

Was sagte er da von Fink? Ich verstand nichts von alledem.

Der Kopf des Arztes wurde in meinen Händen immer schwerer.

»Alle Minen, sofort – sofort – sprengen ...« Er verlor das Bewußtsein.

»Redet er irr?« fragte Frazer.

Ein letzter mächtiger Blitz glühte im Auge des Doktors. Er spuckte ein enormes Blutgerinnsel aus, verschluckte sich und sagte mit fast normaler Stimme:

»Sprengen – sofort – das ganze Gebäude, denn sonst sind wir alle verloren.« Und stiller: »Es ist Fink ... Fink ... dort.«

Sein Kopf sank zur Seite. Ich maß seinen Puls, er schlug nicht mehr. Der Doktor war tot.

Wir standen über den toten Körper gebeugt. Was tun?

»Wir müssen hinauf, um zu sehen, was mit Fink los ist und uns bemühen, ihn zu retten«, sagte der Professor. »Dann sprengen wir das Gebäude. Darüber hinaus – wenn ich es gewußt hätte – ich dachte aber, vielleicht irre ich mich. Ich wollte als Mensch diese schreckliche Vision verstehen. Jetzt sehe ich, daß ich recht hatte. Das waren keine Alpträume, es war etwas Schlimmeres: es war die Wirklichkeit.«

Dann richtete er sich auf und sagte mit der alten starken Stimme: »Meine Herren, wer geht hinauf?«

Zwei meldeten sich – Lindsay und ich.

»Sie sind überflüssig«, sagte Widdletton. »Sie gingen schon, um die Gasgeschosse und um den Doktor zu

135

holen. Sie haben schon genug vom Aeranthropos gesehen. Sie gehen, Ingenieur – auf eigene Verantwortung.«

Diese Worte aus dem Mund des alten Mannes ließen
mich erzittern, aber ich beherrschte mich. Lindsay zog
den Gürtel aus der Hose.

Der Professor sagte: »Haben Sie einen Revolver?«

»Wozu brauche ich einen Revolver?« Der Ingenieur
staunte. »Dem Aeranthropos kann eine Kugel sowieso
nichts anhaben.«

»Nun ja ... dem Marsianer nicht ... sicher nicht
...«, sagte der Professor, begab sich plötzlich zu einem
der Schränke, wühlte eine Weile darin herum und hän-
digte Lindsay schließlich einen flachen schwarzen
Browning aus.

»Nehmen Sie das – für alle Fälle.«

Der Ingenieur schaute eine Weile auf die glänzende
Waffe, wog sie, dann zuckte er mit den Achseln und
ging, eine Taschenlampe in der Hand, hinauf. Wir standen in der Tür. Frazer blieb bei dem Werfer, Gedevani
beim Minenauslöser, und der Professor und ich gingen
in den Korridor. Es herrschte angespannte Stille.

Ich ertrug es nicht, so herumzustehen und zu warten.

»Ich gehe zum Treppenuntersatz!« rief ich. Der Professor hielt mich mit einem heftigen Ruck zurück.

»Ehrenwort, McMoor?«

»Ehrenwort, Professor!« rief ich und lief schon zu
dem Podest. In der Dunkelheit sah ich, wie der schwache Widerschein der Taschenlampe des Ingenieurs in
den Stockwerken immer höher kreiste.

Dann waren seine Schritte auf der Ebene des zweiten
Stockwerks zu vernehmen. Ich hörte, wie sich die Tür
der kleinen Montagehalle leise auftat – dann herrschte
Stille.

Der Puls schlug mir in den Schläfen, meine Muskeln

waren angespannt, ich stand in der tintenschwarzen Dunkelheit und zählte: 45 ... 46 ... 47 ... 48 ... 49 ... 50 ... Plötzlich knallte ein Schuß.

Ich zitterte, sprang zur Treppe, aber das verdammte Ehrenwort ließ mich innehalten. Ein zweiter und dritter Schuß. Und plötzlich, zum ersten und letzten Mal in meinem Leben, erfaßte mich Grauen. Man hörte den Aufschrei eines von schrecklicher Angst gepackten Menschen.

Ein lautes, schnelles Getrappel – ein Schuß war knapp über dem Stiegenhaus zu hören – und ein scharfes, heulendes Geschrei, das immer mehr anwuchs. Ich spürte plötzlich einen Luftzug, und eine dunkle Masse schlug etwa einen Meter vor mir auf dem Beton der Plattform auf.

Ich spürte, wie mir etwas Naßwarmes ins Gesicht spritzte. Ich sprang nach vorn – ein Lichtstrahl ergoß sich aus der Taschenlampe.

In dem gelben Lichtkegel zeigte sich der durch den Sturz aus dem zweiten Stock schrecklich zertrümmerte, den Kopf zwischen den Armen eingekeilte Körper des Ingenieurs Lindsay.

Ich erkannte ihn an der Hose, und als ich an seiner Kleidung zerrte, um ihn umzudrehen, sprang ich voll Grauen zurück. Seine Augen starrten, seine Zunge, die er sich beim Aufprall abgebissen hatte, hing aus dem weit aufgerissenen Mund, und blutiger Schaum bedeckte sein Gesicht. Ich hörte ein Stöhnen – es war der Professor.

»Das habe ich befürchtet«, flüsterte er leise, wie zu sich selbst, »das habe ich befürchtet.«

»Professor – der Marsianer ist wahnsinnig geworden.«

Der Professor schaute mich lange an. »Mein lieber

Junge«, sagte er endlich mit schrecklicher Wut, »es ist kein Marsianer, vor dem Lindsay in so panischer Angst davongelaufen ist, daß er sich nicht mehr zurechtfand, und nicht der Marsianer hat dem Doktor die Rippen gebrochen . . .«

»Wer dann?« fragte ich und spürte, wie mir das Herz stehenblieb.

»Ingenieur Fink«, sagte der Professor, drehte sich um und schritt in die Dunkelheit davon. Ich folgte ihm. In der Halle erklärte der Professor Frazer und Gedevani, was vorgefallen war.

»Fink! Das kann nicht sein, der ist wahnsinnig geworden.«

»Nein, er ist nicht wahnsinnig geworden . . . wenn man es als Mensch sieht. Ihr Lieben – verübelt mir nicht, wenn ich es ausspreche – Fink ist kein Mensch mehr. Bringen wir bitte die Zündkapseln an, geben wir die Gasminen auch noch dazu – alles soll in Trümmer gerissen werden, es muß sein.«

»Geben wir also auf, Professor?«

»Denken Sie bloß nicht, daß durch den Verlust unserer Kameraden – nein, aber ich kenne dieses Wesen im zweiten Stock. Dieses Wesen und seinesgleichen sollten nicht existieren. Wir brauchen seine Klugheit oder sein Wissen oder diese schreckliche kalte Vollkommenheit nicht.«

»Ich verstehe Sie nicht, Professor.«

»Wir haben jetzt keine Zeit, McMoor. Bitte legen Sie die Zündkabel.«

Unter Anleitung Frazers legten wir das Netz der zusätzlichen Zünder zu allen Gas- und Sprenggranaten, dann verließen wir den Saal und zogen hinter uns den Zünddraht aus der abrollenden Trommel der Telephonleitung her.

Wir gingen durch die Vordertür hinaus. Ich wartete mit der Rolle, während Gedevani zum Fahrer ins Personalgebäude ging. Es war der erste Befehl, den er mit größter Begeisterung und Geschwindigkeit ausführte. Schon nach einer Minute kam der schwarze Buick vorgefahren, der uns in die Stadt bringen sollte.

»Burke!« sagte der Professor. »Sie fahren bis zum Ende des Sees, einen halben Kilometer von hier, und warten dort auf uns.«

Der Fahrer, der sich über nichts zu wundern schien, startete den Wagen. Der Motor summte, und in kurzer Zeit war das rote Rücklicht der Limousine in der Dunkelheit der Nacht verschwunden. Es war ziemlich kühl und feucht. Der Professor ging voran, wir drei folgten ihm, wobei ich die Trommel trug, aus der das Kabel ablief.

Als wir dreihundert Meter durch die Felder gegangen waren, endete das Kabel. Wir ließen uns in einer trockenen Furche auf den Feldern nieder. Ich leuchtete mit der Taschenlampe, und Frazer schloß die Drahtenden an einen speziellen Zündkasten mit einem breiten Griff an und reichte ihn, ohne ein Wort zu sagen, dem Professor. Ich sah zum Haus hin. Es war so dunkel, daß das Gebäude kaum zu erkennen war, nur das Dach mit der Kuppel hob sich vom helleren Himmel ab.

Der Professor hieß uns, die Köpfe an den Boden zu pressen, und legte den Griff um.

In der Dunkelheit zeigte sich ein großer, roter Schimmer. Eine dumpf grollende Explosion ertönte, der knallend eine Reihe anderer folgte. Verbindungen zerrissen unter Getöse und Geknatter, man hörte den Lärm und das Krachen in den Flammenzungen der Explosion fallender Maschinen, Donner brach sich, und die Wände stürzten zusammen. Die Trümmer wurden weiter zerfetzt und ächzten, bis aus dem großen, schönen Gebäude ein ungeheurer, noch immer rauchender und in den Flammen glänzender Trümmerhaufen geworden war.

Stille breitete sich aus. Nur der Regen fiel mit leisem Platschen auf das Gras, und vom Trümmerhaufen in der Ferne bröckelten Steine ab.

Der Professor erhob sich langsam. »Freunde, unsere Arbeit ist getan«, sagte er.

»Was für ein trauriges Ende! Drei hervorragende Wissenschaftler haben für dieses Unternehmen mit dem Leben bezahlt. Haben wir etwas gelernt? Ja, eine Wahrheit, wie es scheint. Die Planeten sind einander fremd. Nicht ganz so fremd sind zwei Menschen einander – etwa einer aus dem glühenden Australien, der andere aus dem Packeis des Pols. Nicht ganz so fremd sind Mensch und Tier einander, ein Fisch und ein Insekt. Etwas verbindet sie und fügt sie zusammen. Sie sind unter einem Himmel aufgewachsen. Sie atmen dieselbe Luft. Dieselbe Sonne spendet ihnen Wärme. Gemeinsame Wahrheiten? Ja, es sind Wahrheiten. Aber jede hat ihre guten Seiten nur für sich. Hier geht es, meine Lieben, nicht um den Preis der Entdeckung, des Forschens. Es geht um einen höheren Sinn. Was haben wir noch erfahren? Haben wir das Geheimnis der Energieumwandlung entdeckt? Nein. Oder etwas, was uns neue Erkenntnisse über uns selbst brächte? Eine neue Wahrheit? Leider habe ich sie kennengelernt. Und was nützt mir diese Wahrheit? Meine Freunde, ich habe meine Meinung geändert. Ich werde euch nichts verraten. Nichts. Und nicht die Neugierde, die unglückselige menschliche Neugierde soll euch quälen, sondern die Dankbarkeit mir gegenüber, daß ich euch eben nichts gesagt habe und nichts sagen werde. Denn dieser Marsianer, das war ein schreckliches Geschöpf. Er erkannte, daß ich der Stärkste bin und euch führe. Und er dachte: Um ihn zu zerstören, genügt es zu wollen. Und was werde ich davon haben? Nichts. Ich werde ihn brechen. Ich werde ihm die Augen öffnen für etwas, was er selbst im Traum nicht vermuten würde. Und das tat er auch. Meine Freunde, ich will glauben, daß der Mars nie mehr in Versuchung geraten wird, die Erde zu beherrschen. In dem stahlgepanzerten Plasma dort brüteten unausgesetzt Gedanken, denen jegliches Empfinden fremd war: fremd waren ihnen Haß und Niedergeschlagenheit, Zorn und Wut, aber auch Güte, Freundschaft, Freude und Liebe. Und was zieht den Menschen zur Wissenschaft und zieht ihn an in der Wissenschaft, was in der Erkenntnis, wenn nicht die Liebe – die Liebe zur Wahrheit? Kann ein Mensch etwas ohne Liebe tun?«

Der Professor verstummte. Unsere Kleidung war vom Regen naß. Der feuchte Wind führte den Brandgeruch zu uns. Im Osten begann es zu dämmern.

»Professor Widdletton«, sagte ich, »wenn Sie uns schon nicht sagen wollen, welche schreckliche Sache Ihnen dieses Geschöpf vom Mars gezeigt hat, dann sagen Sie doch bitte eines – hat er Sie damit besiegt? Und um Gottes willen – was war mit Fink los?«

»Ob er mich besiegt hat ...«, sagte der Professor leise. »Diese beiden Fragen gehören zusammen, gehören so eng zusammen, wie Sie es nicht einmal vermuten ... Nun, er hat gerade den Ingenieur Fink besiegt. Es war nicht Fink unter Hypnose, Fink im kataleptischen Zustand und Fink als Wahnsinniger ... Das war nur äußerlich. Fink war nicht unser Freund, sondern etwas, das seinen Körper, seine Füße und seine Hände hatte – etwas, das seine Kleidung trug und doch nicht der Ingenieur Fink war.«

»Was sagen Sie«, rief ich verdutzt, »was bedeutet das?«

»Ja, ja. Sie wundern sich?«

»Na gut, also was machte er mit ihm?«

»Ich weiß es nicht genau, ich denke nur manchmal daran ... aufgrund meiner Vision. Er veränderte etwas in ihm und nahm ihm etwas. An dessen Stelle gab er ihm etwas anderes.«

Mir schwirrte der Kopf. »Also, was hat er ihm genommen und was gab er ihm«, fragte ich betont. »War das vielleicht seine Seele? Vielleicht hat er sie zum Mars übertragen oder geschickt.«

»Sie verwenden das Wort Seele mit einem unnötigen Beiklang von Ironie«, sagte der Professor leise. »Nein, es war nicht die Seele. Ich kann es Ihnen nicht sagen, weil es an das grenzt, was sich nicht aussprechen läßt. Aber ich sage es Ihnen so: Erstens ist es ihm nicht gelungen, mich zusammenbrechen zu lassen. Im schlimmsten Augenblick erinnerte ich mich daran, wer ich bin und wen ich liebe. Vielleicht hat mich das gerettet?? Denn man muß ein bißchen Glauben haben ... wenn nicht an sich selbst, dann an etwas hinter sich ... wenngleich besser an sich und an die anderen, will man etwas vollbringen. Und zweitens versuche ich, Ihnen, na ja, nicht zu erklären, aber Ihnen das Problem Finks von der anderen Seite nahezubringen. Ihnen ist doch bekannt, daß man die Muskeln des Körpers nach freiem Willen bewegen kann – nicht wahr?«

»Natürlich.«

»Na gut, und wie funktioniert das?«

»Es gibt verschiedene Theorien«, erwiderte ich, »aber soviel ich weiß, ist der Mechanismus des Wollens unbekannt.«

»Ihnen, aber nicht mir, wenn es präzis gesagt werden

soll«, sagte der Professor, »und Gott sei Dank, daß es so ist. Schon gut, aber wenn Sie manchmal ruhig liegen, dann schrumpft der eine oder andere Muskel irgendwie unwillkürlich, er zittert, und Sie können das beobachten, nicht wahr?«

»Das ist mir schon passiert«, sagte ich, »ich glaube, das kann jedem passieren.«

»Wer handelt in diesem Fall?«

»Oh, vielleicht bildete sich Milchsäure in dem Muskel oder in der Gehirnrinde reizte ein Strom, der von irgendwoher kam, das entsprechende Zentrum.«

Der Professor nickte lächelnd. »Ich sehe, daß Sie sich gut an Ihr Medizinstudium erinnern. Aber die Sache ist nicht so einfach ... Wenn Sie all diese Theorien von der Gehirntätigkeit kennen, dann müssen Sie wissen, daß manche Wissenschaftler gerade in solchen Strömen und Reizen die Ursache für unwillkürliche Betätigung sehen.«

»Gewiß, aber es gibt auch andere ...«

»Lassen wir die anderen, sonst verzetteln wir uns. Also das, was die einen den freien Mechanismus nennen, wirkt nicht ohne unseren Willen, aber auch nicht gegen ihn. Ich rede hier natürlich nicht von den Krämpfen müder Muskeln, da ist die Sache klar, sondern vom Zittern des völlig normalen Muskels im Ruhestand. Also es verhält sich so: Wenn dieser sich frei bewegende Muskel ein Symbol für den Ingenieur Fink vor dem Unglück ist, dann ist der andere Fink der, den Sie in Tätigkeit beobachten und sich wundern, daß er sich zusammenzieht. Sie empfinden es nicht als Arbeit, doch sie findet statt, ganz ohne Ihre Absicht, und dieser andere Muskel ist, sage ich Ihnen, ein Symbol für Fink.« Und dann – sichtlich sah ich verdattert drein – setzte er hinzu:

»Mehr kann ich Ihnen nicht sagen, McMoor, weil ich sonst alles sagen müßte ... was ich aber nicht tun darf.«

Es war fast hell geworden. Der Professor wandte sich an alle: »Bevor wir zu Burke gehen, der mit dem Wagen auf uns wartet, müssen wir die Ruinen durchsuchen. Wenn auch der Kegel, wie ich hoffe, zerstört wurde, ist vielleicht die zentrale Birne verschont geblieben. Und es ist doch gerade dieses schreckliche Gebilde ... wie könnte denn Materie schuldig werden.«

»Professor«, sagte ich, »sind Sie der Meinung, daß die Birne selbst ohne den Apparat die Fähigkeit zum Wiederaufbau hat – so kraftlos sie aussehen mag?«

»Ich möchte keinen so ›kraftlosen‹ Gegner haben, selbst dann nicht, wenn ich die ganze Armee der Vereinigten Staaten hinter mir hätte«, sagte der Professor. »Und jetzt fragt mich nichts mehr, denn ich werde nichts mehr sagen.«

Wir gingen über das schwere, nasse Gras. Ich schritt als erster durch den von der Wucht der Explosion zerstörten Eingang und begann den Trümmerhaufen zu erklettern. Die schreckliche Kraft der Explosion hatte die mächtigen, aus Stahlprofilen bestehenden Träger verbogen, die Motorenköpfe zerquetscht und die homogenen Eisenbetonblöcke niedergewalzt.

Plötzlich sah ich unter dem Trümmerhaufen etwas Schwarzes – ich sprang näher.

Es war ein Tentakel des Ungeheuers.

»Nicht anrühren!« rief der Professor. »Sein Plasma ist sterblich, sein Zorn aber nicht.«

Ich suchte weiter. Ich sah etwas, das wie eine verbogene Haube des Kegels aussah, aber ich war nicht sicher, ob es das wirklich war.

Dann rief uns Frazer. Zwischen Ziegeln eingekeilt, hing ein Fetzen der Jacke von Fink.

Wir gingen über das Trümmerfeld, das noch nach dem Chlor der Gasgeschosse roch. Endlich sagte der Professor: »Das nützt gar nichts. Ich werde alles mit Benzin übergießen und anzünden. Wenn der Kern noch leben sollte, wird er dann zerstört sein.« Klein, schwarz und gebeugt ging er zum Ausgang. Von Brocken zu Brocken springend, folgten wir ihm auf den abrutschenden Trümmern.

Wir legten den Weg schweigend zurück und betrachteten die Gegend. In einiger Entfernung kräuselten sich die grünen Wellen des Sees. Hinter einer Kurve tauchte schließlich unser Auto als schwarzer Punkt auf dem grauen Band der Straße auf. Im selben Augenblick erglühte der Himmel rotgolden, und der erste Lichtstrahl der Sonne zerschmolz wie ein triumphaler Salut auf der blauen Himmelsfläche. Die in abfallenden Bahnen beisammenliegenden Wolken verliefen sich bald cremefarben und weiß. Der nach Seewasser riechende Wind streichelte sanft unsere Gesichter.

»Und er wollte uns das wegnehmen . . . das alles . . .«, flüsterte der Professor. Hatte ich ihn richtig verstanden? Ich getraute mich nicht zu fragen. Schweigend erreichten wir den schweren schwarzen Buick. Burke sprang aus dem Wagen und hielt uns die Türen auf. Wir stiegen ein – die Türen knallten zu – der Anlasser stotterte kurz – die Abgase pufften. Der Wagen zitterte und fuhr in Richtung New York.

Nachwort

Eigentlich wollte ich dieses Buch, meinen Erstling, vor der ganzen Welt, Polen inbegriffen, verschweigen. Nur ein einziges Mal ist es erschienen, vor dreiundvierzig Jahren, in einer Romanzeitung in Kattowitz, das war 1946. Geschrieben aber habe ich diesen kleinen Marsmenschen, als ich mich Ende des Krieges noch in Lemberg befand. Auch hatte ich damals nicht die Absicht, mich zum Science-fiction-Autor profilieren zu wollen: das Mikroopus wurde lediglich für einen kleinen Freundeskreis auf einer alten Underwood-Schreibmaschine getippt. Warum? Weil mich halt eine solche Lust überkam, weil ich – wahrscheinlich – jene Freunde und auch mich ein klein wenig berauschen wollte, damit wir für eine Stunde die Greuel des Krieges vergessen.

Es handelt sich also gewissermaßen um eine Ausgrabung, die ohne mein Zutun und ohne meine Zustimmung in Polen zustande kam; ja, ich wußte nicht einmal, daß mir unbekannte Lem-Fans im Untergrund diesen alten Roman auf eigene Faust und eigenes Risiko herausgeben würden.

Ich habe den Marsmenschen wie etwas mir völlig Fremdes gelesen, und eben deshalb, so vermute ich, war ich erstaunt, ja fast schockiert, als ich in der Fabel einige Leitmotive erkennen konnte, die meine vierzigjährige Arbeit als Schriftsteller geprägt haben. In naiver vielleicht, in erst keimender Gestalt, aber doch als »Lemsches Geschriebenes«, wie ein Schweizer Kritiker sagte.

Lohnt es sich nun, dieses Buch der Jugendjahre – ich war dreiundzwanzig, als ich es schrieb – ans Tageslicht zu holen? Ich weiß es nicht. Ich bin mir nicht einmal sicher, ob mein Werk – nach meinem Tode – nicht einen Kometenschweif von Kritiken, Auslegungen, Verrissen oder Lobreden nach sich ziehen wird. Sollten aber alle Hervorbringungen meiner Phantasie in Vergessenheit geraten, so wird auch dieser Erstling nicht mehr gelesen werden, der vielleicht ein »Urlem«, nicht aber ein »Urfaust« von mir war.

Krakau, im April 1989   Stanisław Lem

Stanisław Lem
Sein Werk im Insel Verlag

Also sprach Golem. Aus dem Polnischen von Friedrich Griese. Leinen

Dialoge. Aus dem Polnischen von Jens Reuter. Gebunden

Eden. Roman einer außerirdischen Zivilisation. Aus dem Polnischen von Caesar Rymarowicz. Gebunden

Erzählungen. Aus dem Polnischen von I. Zimmermann-Göllheim, Klaus Staemmler und Caesar Rymarowicz. Gebunden

Essays. Aus dem Polnischen von Friedrich Griese. Gebunden

Fiasko. Roman. Aus dem Polnischen von Hubert Schumann. Gebunden

Friede auf Erden. Aus dem Polnischen von Hubert Schumann. Gebunden

Das Hospital der Verklärung. Roman. Aus dem Polnischen von Caesar Rymarowicz. Leinen

Imaginäre Größe. Aus dem Polnischen von Caesar Rymarowicz und Jens Reuter. Leinen

Irrläufer. Erzählungen. Mit einem Vorwort von Stanisław Lem. Aus dem Polnischen von Hanna Rottensteiner. Kartoniert

Kyberiade. Fabeln zum kybernetischen Zeitalter. Mit Zeichnungen von Daniel Mróz. Aus dem Polnischen von Jens Reuter u. a. Gebunden und it 1435

Lokaltermin. Roman. Aus dem Polnischen von Hubert Schumann. Gebunden

Memoiren, gefunden in der Badewanne. Aus dem Polnischen von Walter Tiel. Gebunden

Der Mensch vom Mars. Roman. Aus dem Polnischen von Hanna Rottensteiner. Leinen

Mondnacht. Hör-und Fernsehspiele. Aus dem Polnischen von Charlotte Eckert, Jutta Janke und Klaus Staemmler. Gebunden

Phantastik und Futurologie I. Autorisierte Übersetzung aus dem Polnischen von Beate Sorger und Wiktor Szacki. Gebunden

Phantastik und Futurologie II. Übersetzung aus dem Polnischen von Edda Werfel. Gebunden

Die phantastischen Erzählungen. Herausgegeben und mit einem Nachwort von Werner Berthel. Mit Illustrationen, einem Interview und Anmerkungen zur Rezeption von Franz Rottensteiner. Gebunden

Philosophie des Zufalls. Zu einer empirischen Theorie der Literatur. Gebunden

Philosophie des Zufalls. Zu einer empirischen Theorie der Literatur 2. Aus dem Polnischen von Friedrich Griese. Gebunden

Provokationen. Aus dem Polnischen von Friedrich Griese, Jens Reuter und Edda Werfel. Gebunden

Stanisław Lem
Sein Werk im Insel Verlag

Robotermärchen. Herausgegeben von Franz Rottensteiner. Mit Illustrationen von Daniel Mróz. it 1345

Rückkehr von den Sternen. Roman. Aus dem Polnischen von Maria Kurecka. Gebunden

Sämtliche Erzählungen vom Piloten Pirx. Aus dem Polnischen von Roswitha Buschmann, Kurt Kelm, Caesar Rymarowicz und Barbara Sparing. Gebunden

Solaris. Roman. Aus dem Polnischen von I. Zimmermann-Göllheim. Gebunden

Sterntagebücher. Erweiterte Ausgabe. Mit Zeichnungen des Autors. Aus dem Polnischen von Caesar Rymarowicz. Gebunden

Die Stimme des Herrn. Roman. Aus dem Polnischen von Roswitha Buschmann. Gebunden

Summa technologiae. Aus dem Polnischen von Friedrich Griese. Gebunden

Der Unbesiegbare. Utopischer Roman. Aus dem Polnischen von Roswitha Buschmann. Gebunden

Die Untersuchung. Kriminalroman. Aus dem Polnischen von Jens Reuter und Hans Juergen Mayer. Gebunden

Die Vergangenheit der Zukunft. Gebunden

Die vollkommene Leere. 15 fiktive Rezensionen. Aus dem Polnischen von Klaus Staemmler. Gebunden

Vom Nutzen des Drachen. Erzählungen. Aus dem Polnischen von Hubert Schumann und Hanna Rottensteiner. Gebunden

Zu Stanisław Lem

Lem über Lem. Gespräche. Aus dem Polnischen von Edda Werfel und Hilde Nürenberger. Gebunden

Stanisław Lem
Sein Werk im Suhrkamp Verlag

Also sprach GOLEM. Aus dem Polnischen von Friedrich Griese. PhB 175. st 1266

Altruizin und andere kybernetische Beglückungen. Der Kyberiade zweiter Teil. Mit Zeichnungen von Daniel Mróz. Aus dem Polnischen von Jens Reuter. Die Übersetzung wurde vom Autor autorisiert. PhB 163. st 1215

Die Astronauten. Aus dem Polnischen von Rudolf Pabel. PhB 16. st 441

Dialoge. Autorisierte Übersetzung aus dem Polnischen von Jens Reuter. Mit einem Nachwort des Autors. es 1013

Frieden auf Erden. Science-fiction-Roman. Aus dem Polnischen von Hubert Schumann. PhB 220. st 1574

Der futurologische Kongreß. Aus Ijon Tichys Erinnerungen. Mit einem Nachwort von Franz Rottensteiner. Aus dem Polnischen von I. Zimmermann-Göllheim. BS 477 und PhB 29. st 534

Die Geschichte von den drei geschichtenerzählenden Maschinen des Königs Genius. Aus dem Polnischen übersetzt von Jens Reuter. BS 867

Golem XIV und andere Prosa. Autorisierte Übersetzungen aus dem Polnischen von Klaus Staemmler, I. Zimmermann-Göllheim und Jens Reuter. BS 603

Das Hohe Schloß. Aus dem Polnischen von Caesar Rymarowicz. st 1739

Das Hospital der Verklärung. Aus dem Polnischen von Caesar Rymarowicz. Übersetzung des Vorworts aus dem Polnischen von Klaus Staemmler. st 761

Imaginäre Größe. Aus dem Polnischen von Caesar Rymarowicz und Jens Reuter. PhB 47. st 658

Irrläufer. Erzählungen. Aus dem Polnischen von Hanna Rottensteiner. st 1890

Die Jagd. Neue Geschichten des Piloten Pirx. Aus dem Polnischen von Roswitha Buschmann, Kurt Kelm, Barbara Sparing. PhB 18. st 302

Das Katastrophenprinzip. Die kreative Zerstörung im Weltall. Aus Lems Bibliothek des 21. Jahrhunderts. Aus dem Polnischen von Friedrich Griese. PhB 125. st 999

Lokaltermin. Science-fiction-Roman. Aus dem Polnischen von Hubert Schumann. PhB 200. st 1455

Mehr phantastische Erzählungen des Stanisław Lem. Herausgegeben von Franz Rottensteiner. PhB 232. st 1636

Memoiren, gefunden in der Badewanne. Mit einer Einleitung des Autors. Aus dem Polnischen von Walter Tiel. Autorisierte Übersetzung. PhB 25. st 508

Stanisław Lem
Sein Werk im Suhrkamp Verlag

Memoiren, gefunden in der Badewanne. Der Schnupfen. Zwei Drehbücher von Jan Jozef Szcepański. Aus dem Polnischen von Jens Reuter. PhB 226. st 1604

Eine Minute der Menschheit. Eine Momentaufnahme. Aus Lems Bibliothek des 21. Jahrhunderts. Aus dem Polnischen von Edda Werfel. PhB 110. st 955

Mondnacht. Hör- und Fernsehspiele. Aus dem Polnischen übersetzt von Klaus Staemmler, Charlotte Eckert, Jutta Janke und I. Zimmermann-Göllheim. PhB 57. st 729

Nacht und Schimmel. Erzählungen. Aus dem Polnischen von I. Zimmermann-Göllheim. PhB 1. st 356

Phantastik und Futurologie I. Übersetzt von Beate Sorger und Wiktor Szacki (vom Autor autorisiert). PhB 122. st 996

Phantastik und Futurologie II. Übersetzt von Edda Werfel. PhB 126. st 1013

Die phantastischen Erzählungen. Herausgegeben von Werner Berthel. PhB 210. st 1525

Philosophie des Zufalls. Zu einer empirischen Theorie der Literatur. 2 Bde. Aus dem Polnischen von Friedrich Griese. st 1703

Provokation. Besprechung eines ungelesenen Buches. Autorisierte Übertragung aus dem Polnischen von Jens Reuter. BS 740

Provokationen. Aus dem Polnischen von Friedrich Griese, Jens Reuter und Edda Werfel. PhB 263. st 1773

Die Ratte im Labyrinth. Ausgewählt von Franz Rottensteiner. PhB 73. st 806

Reisen und Erinnerungen des Sternfahrers Ijon Tichy. Der futurologische Kongreß. Sterntagebücher. Lokaltermin. Frieden auf Erden. st 534/459/1455/1574. 4 Bände in Kassette.

Robotermärchen. Herausgegeben von Franz Rottensteiner. Aus dem Polnischen von I. Zimmermann- Göllheim und Caesar Rymarowicz. BS 366 und PhB 85. st 856

Sade und die Spieltheorie. Essays. Band 1. Aus dem Polnischen von Friedrich Griese. st 1304

Der Schnupfen. Kriminalroman. Autorisierte Übersetzung aus dem Polnischen von Klaus Staemmler. PhB 33. st 570

Science-Fiction: Ein hoffnungsloser Fall – mit Ausnahmen. Essays. Band 3. Aus dem Polnischen und Russischen von Erik Simon, Hanna Rottensteiner, Jens Reuter, Friedrich Griese und Edda Werfel. st 1439

Sterntagebücher. Mit Zeichnungen des Autors. Aus dem Polnischen von Caesar Rymarowicz. PhB 20. st 459

Stanisław Lem
Sein Werk im Suhrkamp Verlag

Die Stimme des Herrn. Roman. Aus dem Polnischen übersetzt von Roswitha Buschmann. PhB 97. st 907

Summa technologiae. Mit einem Vorwort des Autors zur deutschen Ausgabe. Aus dem Polnischen übersetzt von Friedrich Griese. st 678

Technologie und Ethik. Ein Lesebuch. Herausgegeben von Jerzy Jarzębski. Leinen

Terminus und andere Geschichten des Piloten Pirx. Aus dem Polnischen übersetzt von Caesar Rymarowicz. PhB 61. st 740

Über außersinnliche Wahrnehmung. Essays. Band 2. st 1372

Die Untersuchung. Kriminalroman. Aus dem Polnischen von Jens Reuter und Hans Juergen Mayer. PhB 14. st 435

Die vollkommene Leere. 15 fiktive Rezensionen. Autorisierte Übersetzung aus dem Polnischen von Klaus Staemmler. »Die neue Kosmogonie« übersetzte I. Zimmermann-Göllheim. st 707

Waffensysteme des 21. Jahrhunderts oder The Upside Down Evolution. Aus Lems Bibliothek des 21. Jahrhunderts. Aus dem Polnischen von Edda Werfel. PhB 124. st 124

Wie die Welt noch einmal davonkam. Der Kyberiade erster Teil. Mit Zeichnungen von Daniel Mróz. Aus dem Polnischen von Jens Reuter, Caesar Rymarowicz, Karl Dedecius und Klaus Staemmler. PhB 158. st 1181

Zu Stanisław Lem

Lem über Lem. Gespräche. Aus dem Polnischen von Edda Werfel und Hilde Nürenberger. PhB 245. st 1996

Über Stanisław Lem. Herausgegeben von Werner Berthel. Redaktion und Beratung: Franz Rottensteiner. PhB 36. st 586

Jerzy Jarzębski: Zufall und Ordnung. Zum Werk Stanisław Lems. Aus dem Polnischen von Friedrich Griese. PhB 180. st 1290

Editionen, Nachworte

Philip K. Dick: UBIK. Science-fiction-Roman. Mit einem Nachwort von Stanisław Lem. Aus dem Amerikanischen von Renate Laux. PhB 15. st 440

Ist Gott ein Taoist? Und andere Rätsel. Ein phantastisches Lesebuch. Herausgegeben von Stanisław Lem. PhB 162. st 1214

Arkadi Strugatzki / Boris Strugatzki: Picknick am Wegesrand. Utopische Erzählung. Mit einem Nachwort von Stanisław Lem. Aus dem Russischen von Aljonna Möckel. PhB 49. st 670

47/5/3.92

Phantastische Bibliothek
in den suhrkamp taschenbüchern

»Phantastische Bibliothek« – das ist Verzauberung der Phantasie, keine Betäubung der Sinne, sondern Öffnen der Augen als Blick über den nächsten Horizont ins Hypothetisch-Virtuelle. Der Zukünftige verbindet sich mit dem Zeitlosen, rationales Kalkül steht neben poetischer Vision, denkbare Wirklichkeit und analytischer Blick in menschliche Abgründe neben Wunsch- und Alptraum. Anregend und unterhaltsam ist es immer.

Arche Noah. Herausgegeben von Franz Rottensteiner. PhB 242. st 1674

Bädekerl: Die Frau der Träume. PhB 273. st 1829

Ballard: Die Betoninsel. PhB 283. st 1953

– Billennium. PhB 96. st 896

– Die Dürre. PhB 116. st 975

– Der ewige Tag und andere Science-fiction-Erzählungen. PhB 56. st 727

– Der Garten der Zeit. PhB 256. st 1752

– Hallo Amerika! PhB 95. st 895

– Hochhaus. PhB 288. st 1559

– Karneval der Alligatoren. PhB 191. st 1373

– Das Katastrophengebiet. PhB 103. st 924

– Kristallwelt. PhB 75. st 818

– Mythen der nahen Zukunft. PhB 154. st 1167

– Die tausend Träume von Stellavista. PhB 79. st 833

– Der tote Astronaut. PhB 107. st 940

– Traum GmbH. PhB 164. st 1222

– Der vierdimensionale Alptraum. PhB 127. st 1014

– Die Zeitgräber. PhB 138. st 1082

Beheim-Schwarzbach: Die Goldmacher. PhB 217. st 1719

Beherrscher der Zeit. PhB 176. st 1274

Bergengruen: Der Basilisk. PhB 205. st 1499

– Das Gesetz des Atum. PhB 196. st 1441

Bester: Aller Glanz der Sterne. PhB 278. st 1955

Bioy Casares: Die fremde Dienerin. PhB 113. st 962

– Morels Erfindung. PhB 106. st 939

Blackwood: Besuch von Drüben. PhB 10. st 411

– Die gefiederte Seele. PhB 229. st 1620

– Der Griff aus dem Dunkel. PhB 28. st 518

– Das leere Haus. PhB 12. st 30

– Der Tanz in den Tod. PhB 83. st 848

Blaß sei mein Gesicht. PhB 267. st 1799

Braun / Braun: Der Irrtum des großen Zauberers. PhB 74. st 807

– Das Kugeltranszendentale Vorhaben. PhB 109. st 948

– Professor Mittelzwercks Geschöpfe. PhB 269. st 1813

Phantastische Bibliothek
in den suhrkamp taschenbüchern

Bringsværd: Minotauros.
PhB 237. st 1651

– Die Stadt der Metallvögel.
PhB 208. st 1510

Brjussow: Die Republik des
Südkreuzes. PhB 270. st 1814

Buzzati: Die Maschine des Aldo
Christofari. PhB 157. st 1175

Čapek: Das Absolutum oder Die
Gottesfabrik. PhB 84. st 1712

Capoulet-Junac: Pallas oder die
Heimsuchung. PhB 149.
st 1138

Carroll: Ein Kind am Himmel.
PhB 286. st 1969

– Das Land des Lachens.
Roman. st 1954

– Die panische Hand. PhB 233.
st 1635

– Schlaf in den Flammen.
PhB 252. st 1742

– Die Stimme unseres Schattens.
PhB 222. st 1587

– Das Tal der Träume. PhB 197.
st 1442

Chesterton: Der Held von Not-
ting Hill. PhB 156. st 1174

Couperus: Das schwebende
Schachbrett. PhB 201. st 1466

Derleth: Auf Cthulhus Spur.
PhB 211. st 1526

Dick: UBIK. PhB 15. st 440

Die dunkle Seite der Wirklichkeit. PhB 199. st 1444

Lord Dunsany: Das Fenster zur
anderen Welt. PhB 161. st 1189

Der Eingang ins Paradies.
PhB 219. st 1566

Eliade: Fräulein Christine.
PhB 289. st 1518

Die Ermordung des Drachen.
PhB 203. st 1481

Franke: Der Atem der Sonne.
PhB 174. st 1265

– Einsteins Erben. PhB 41.
st 603

– Der Elfenbeinturm. PhB 279.
st 1926

– Endzeit. PhB 150. st 1153

– Das Gedankennetz. PhB 266.
st 1792

– Der grüne Komet. PhB 231.
st 1628

– Hiobs Stern. PhB 223. st 1588

– Die Kälte des Weltraums.
PhB 121. st 990

– Keine Spur von Leben.
PhB 62. st 741

– Der Orchideenkäfig. PhB 234.
st 1643

– Paradies 3000. PhB 48. st 664

– Schule für Übermenschen.
PhB 58. st 730

– Sirius Transit. PhB 30. st 535

– Spiegel der Gedanken.
PhB 253. st 1743

– Die Stahlwüste. PhB 215.
st 1545

– Tod eines Unsterblichen.
PhB 69. st 772

– Transpluto. PhB 82. st 841

– Ypsilon minus.
PhB 3. st 358

– Zarathustra kehrt zurück.
PhB 9. st 410

– Zentrum der Milchstraße.
PhB 244. st 1695

– Zone Null. PhB 35. st 585

Franke / Weisser: DEA ALBA.
PhB 207. st 1509

Phantastische Bibliothek
in den suhrkamp taschenbüchern

Frey: Solneman der Unsichtbare.
PhB 241. st 1667

Gardner: Grendel. PhB 227.
st 1611

Grabiński: Dunst. PhB 228.
st 1612

Grin: Der Rattenfänger.
PhB 168. st 1239

– Wogengleiter. PhB 274. st 1830

Gruber: Die gläserne Kugel.
PhB 123. st 997

– Zwischenstation. PhB 216.
st 1555

Hasselblatt: Marija und das Tier.
PhB 209. st 1511

Hodgson: Geisterpiraten.
PhB 188. st 1352

Hoffmann, E. T. A.: Der Mag-
netiseur. PhB 190. st 1366

Horstmann: Das Glück von
Omb'assa. PhB 141. st 1088

Der Insektenmann. PhB 240.
st 1666

Ist Gott ein Taoist? Und andere
Rätsel. PhB 162. st 1214

James: Dreizehn Geistergeschich-
ten. PhB 247. st 1705

Jarzębski: Zufall und Ordnung.
PhB 180. st 1290

Jenseits der Träume. PhB 224.
st 1595

Kellermann: Der Tunnel.
PhB 179. st 1283

Kornbluth: Der Altar um Mitter-
nacht. PhB 189. st 1359

– Der Gedankenwurm. PhB 195.
st 1434

Krispien: Die verborgene Stunde. PhB 254. st 1744

Lao She: Die Stadt der Katzen.
PhB 151. st 1154

Lem: Also sprach GOLEM.
PhB 175. st 1266

– Altruizin und andere kybernetische Beglückungen.
PhB 163. st 1215

– Die Astronauten. PhB 16.
st 441

– Frieden auf Erden. PhB 220.
st 1574

– Der futurologische Kongreß.
PhB 29. st 534

– Imaginäre Größe. PhB 47.
st 658

– Irrläufer. PhB 285. st 1890

– Die Jagd. PhB 18. st 302

– Das Katastrophenprinzip.
PhB 125. st 999

– Lokaltermin. PhB 200. st 1455

– Mehr phantastische Erzählungen des Stanisław Lem.
PhB 232. st 1636

– Memoiren, gefunden in der
Badewanne. PhB 25. st 508

– Memoiren, gefunden in der
Badewanne. Der Schnupfen.
PhB 226. st 1604

– Eine Minute der Menschheit.
PhB 110. st 955

– Mondnacht. PhB 57. st 729

– Nacht und Schimmel. PhB 1.
st 356

– Phantastik und Futurologie I.
PhB 122. st 996

– Phantastik und Futurologie II.
PhB 126. st 1013

– Die phantastischen Erzählungen. PhB 210. st 1525

– Provokationen. PhB 263.
st 1773

– Die Ratte im Labyrinth.
PhB 73. st 806

Phantastische Bibliothek
in den suhrkamp taschenbüchern

Lem: Reisen und Erinnerungen
des Sternfahrers Ijon Tichy.
st 534/459/1455/1574 in Kass.
– Robotermärchen. PhB 85.
st 856
– Der Schnupfen. PhB 33. st 570
– Sterntagebücher. PhB 20.
st 459
– Die Stimme des Herrn.
PhB 97. st 907
– Terminus und andere
Geschichten des Piloten Pirx.
PhB 61. st 740
– Die Untersuchung. PhB 14.
st 435
– Waffensysteme des 21. Jahr-
hunderts. PhB 124. st 998
– Wie die Welt noch einmal
davonkam. PhB 158. st 1181
Lem / Bereś: Lem über Lem.
PhB 245. st 1996
Über Stanisław Lem. PhB 36.
st 586
Levett: Verirrt in den Zeiten.
PhB 178. st 1282
London: Phantastische Erzählun-
gen. PhB 243. st 1675
Lovecraft: Azathoth. PhB 230.
st 1627
– Berge des Wahnsinns.
PhB 258. st 1780
– Cthulhu. PhB 19. st 29
– Das Ding auf der Schwelle.
PhB 2. st 357
– Der Fall Charles Dexter Ward.
PhB 8. st 391
– Der Fall Charles Dexter Ward.
PhB 260. st 1782
– Der Flüsterer im Dunkeln.
PhB 259. st 1781

– Das Grauen im Museum.
PhB 136. st 1067
– In der Gruft und andere maka-
bre Erzählungen. PhB 71.
st 779
– Die Katzen von Ulthar.
PhB 43. st 625
– Lovecraft-Lesebuch. PhB 184.
st 1306
– Der Schatten aus der Zeit.
PhB 281. st 1939
– Schatten über Innsmouth.
PhB 261. st 1783
– Stadt ohne Namen. PhB 52.
st 694
– Die Traumsuche nach dem
unbekannten Kadath. PhB 287.
st 1556
Lovecraft / Derleth: Die dunkle
Brüderschaft. PhB 173. st 1256
Der Einsiedler von Providence.
H. P. Lovecrafts ungewöhnli-
ches Leben. PhB 290. st 1626
Marginter: Königrufen. PhB 215.
st 1546
Maupassant: Die Totenhand.
PhB 134. st 1040
Das namenlose Grabmal.
PhB 169. st 1240
Neuwirth: In den Gärten der
Nacht. PhB 255. st 1745
Phantastische Aussichten.
PhB 160. st 1188
Phantastische Begegnungen.
PhB 250. st 1741
Phantastische Welten. PhB 137.
st 1068
Phantastische Zeiten. PhB 185.
st 1307
Polaris 9. PhB 155. st 1168

252/4/4.92

Phantastische Bibliothek
in den suhrkamp taschenbüchern

Polaris 10. PhB 171. st 1248

Quiroga: Geschichten von Liebe, Irrsinn und Tod. PhB 248. st 1711

Ray: Malpertuis. PhB 165. st 1223

– Das Storchenhaus. PhB 182. st 1299

Renard: Die blaue Gefahr. PhB 225. st 1596

Der rote Mond. PhB 213. st 1536

Schattschneider: Singularitäten. PhB 129. st 1021

Scheerbart: Das große Licht. PhB 194. st 1400

– Die große Revolution. PhB 159. st 1182

– Immer mutig! PhB 257. st 1759

– Der Kaiser von Utopia. PhB 218. st 1565

– Kometentanz. PhB 236. st 1652

– Lesabéndio. PhB 183. st 1300

Schefner: Bescheidene Genies. PhB 246. st 1704

Seltsame Labyrinthe. PhB 198. st 1443

Die Sirene. PhB 253. st 1688

Słonimski: Zweimal Weltuntergang. PhB 166. st 1229

Smith: Das Haupt der Medusa. PhB 221. st 1575

Smith: Herren im All. PhB 280. st 1932

– Sternträumer. PhB 193. st 1393

Springer: Leonardos Dilemma. PhB 271. st 1821

Steinmüller: Der Traum vom Großen Roten Fleck. PhB 147. st 1131

Steinmüller / Steinmüller: Pulaster. PhB 204. st 1490

Strugatzki / Strugatzki: Die bewohnte Insel. PhB 282. st 1946

– Der ferne Regenbogen. PhB 111. st 956

– Fluchtversuch. PhB 89. st 872

– Die gierigen Dinge des Jahrhunderts. PhB 79. st 827

– Die häßlichen Schwäne. PhB 177. st 1275

– Der Junge aus der Hölle. PhB 238. st 1658

– Das lahme Schicksal. PhB 262. st 1766

– Eine Milliarde Jahre vor dem Weltuntergang. PhB 186. st 1338

– Montag beginnt am Samstag. PhB 72. st 780

– Picknick am Wegesrand. PhB 49. st 670

– Die Schnecke am Hang. PhB 13. st 434

– Die Wellen ersticken den Wind. PhB 206. st 1598

– Die zweite Invasion der Marsianer. PhB 139. st 1081

Tekinay: Der weinende Granatapfel. PhB 249. st 1720

Turner: Sommer im Treibhaus. PhB 272. st 1822

Viktorianische Gespenstergeschichten. PhB 187. st 1345

Wakefield: Der Triumph des Todes. PhB 181. st 1291

Weiss: Das Haus mit den tausend Stockwerken. PhB 235. st 1644

Weisser: DIGIT. PhB 90. st 873

– SYN-CODE-7. PhB 67. st 764